선녀를 위한 변론

선녀를 위한 변론

송시우 소설집

래빗홀
RABBIT HOLE

차
례

인어의 소송 ⋯ 7

선녀를 위한 변론 ⋯ 63

누구의 편도 아닌 타미 ⋯ 115

모서리의 메리 ⋯ 151

알렉산드리아의 겨울 ⋯ 185

해설
미스터리의 쾌(快)를 궁구하며 오늘도 작가는 전진한다 | 김수지 ⋯ 269

작가의 말 ⋯ 281

추천의 말 ⋯ 284

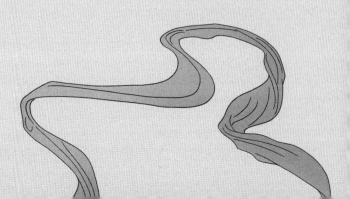

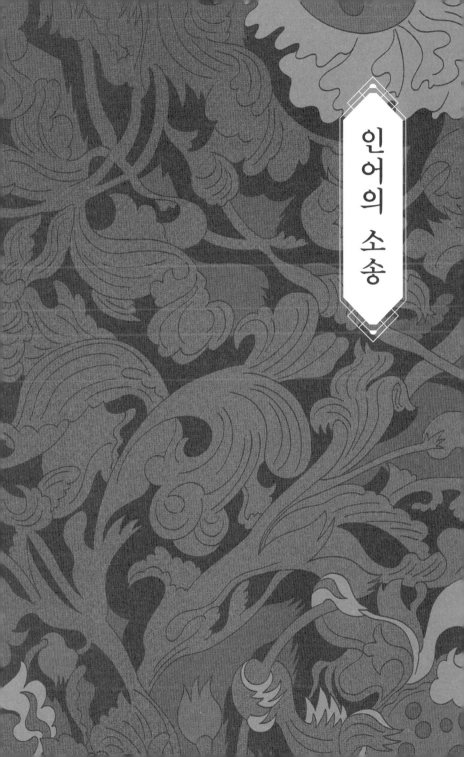

인어의 소송

1

맥스 왕자가 살해될 즈음 하이트 왕국에는 혁명이 일어났다. 원인을 알 수 없는 시간의 균열로 인하여 하이트 왕국 국민들에게 전격적인 관념의 비약이 생겼다. 우주의 원리에 일종의 국소적인 오류가 생긴 것인데, 왕국의 작동 원리 중 하필 사법 분야에만 그 영향이 미쳤다. 중세 하이트 왕국에 덜컥 근대적인 사법 체계가 들어선 것이다. 법원이 생겼고 판사와 검사와 변호사라는 직업이 생겼다. 근처 다른 왕국들처럼 절대 권력을 휘두르던 하이트 왕국의 왕은 사법부에 형벌권과 각종 민사적인 분쟁의 해결권을 위임했다. 범죄 용의자에 대한 고문은 금지됐고 인권을 존중하는 수사 절차가 마련됐다. 그리하여 맥스 왕자가 살해된 사건도 기습적으로 들어선 사법 시스템이 그 해결을 맡게 됐다.

검찰은 수개월의 수사 끝에 결국 인어를 맥스 왕자 살인 혐의로 기소했다. 검찰은 구속영장을 청구했으나 기각됐고 인어는 불구속 상태에서 형사재판을 받게 됐다. 인어는 이 혁명의 가장 큰 수혜자라 할 만했다. 만약 하이트 왕국에 사법 분야의 혁명이 일어나지 않았더라면 인어는 그 자리에서 왕자 살인범으로 체포되어 고문당한 뒤 처형됐을 것이다. 그날 맥스 왕자를 죽일 가장 절박한 동기를 가진 사람이 바로 인어였기 때문이다. 인어는 마침 왕자가 머물던 별궁에 있었으므로 왕자를 죽일 기회도 있었다.

지금에서야 인어의 정체가 알려진 것이지, 그 전까지 인어는 그냥 맥스 왕자가 데려온 떠돌이 소녀였다. 해변을 산책하던 맥스 왕자가 벌거벗은 채로 바위에 앉아 떨고 있는 소녀를 발견하고 옷을 입혀 궁전으로 데려온 것이었다. 소녀는 말을 하지 못했고 글도 몰랐다. 들을 수는 있는 것 같았다. 소녀는 손짓과 그림으로 의사를 표현했는데 어디에서 왔는지 부모는 누구인지는 통 밝히지 않았다. 이전까지 소녀를 봤다는 사람이 없는 것으로 보아 다른 왕국에서 왔거나 먼 시골에서 올라온 것 같았다. 소녀는 이렇듯 출신을 알 수 없는 데다가 언어장애가 있었고, 무릎관절에도 문제가 있는지 좀처럼 걷지 않으려 했으며 걸을 때는 자꾸 인상을 찡그리는 버릇이 있었다. 그러나 젊고 예뻤고 이국적인 매력을 지녔다. 맥스 왕자는 소녀가 마음에 들었다. 왕자는 친히 소녀에게 '에일'이라는 이름을 붙여주고 궁전에서 살게 했다.

맥스 왕자는 하이트 왕국의 유일한 왕자이자 왕위를 물려받을 왕세자였다. 어렸을 때부터 영특했고 좋은 교육을 받았다. 모두들 맥스 왕자의 품성과 자질을 높게 평가했다. 딱 하나, 이상한 믿음을 가진 것만 빼면 맥스 왕자는 나무랄 데 없는 왕위 계승자였다.

그 믿음이란 바로 왕자가 낭만적 사랑의 이데올로기에 대책 없이 빠진 나머지 운명적인 사랑을 믿는다는 것이었다. 운명적 사랑은 맥스 왕자라는 사람의 정체성을 절대적으로 뒷받침하는 신념과 같았다. 맥스 왕자는 구원의 서사를 믿었다. 아름답고 선한 여인이 언젠가 맥스 왕자가 가진 영혼과 신체의 결핍을 구원하기 위해 다가올 거라고 믿었고, 자신은 그 순간 운명의 여인을 틀림없이 알아볼 수 있으며 그 여인과 꼭 결혼하고 말 거라는 말을 아주 어릴 때부터 떠들고 다녔다. 이웃왕국과 우호적인 외교 관계를 유지하기 위해 정략결혼이 필수적인 왕가로서는 매우 난처했다. 왕과 왕비는 맥스 왕자의 고

집을 초장에 꺾어야 한다고 생각하고 왕자 나이 열여섯 살 되던 해에 주변 강대국의 공주와 정략결혼을 추진했다. 맥스 왕자는 극렬하게 저항했다.

"운명으로 정해진 여인과 결혼할 수 없다면 왕위가 다 무슨 소용이며 더 살아봤자 무슨 의미가 있겠는가!"

강제로 약혼 절차가 진행되는 사이 맥스 왕자는 자살을 기도했다. 다행히 시종에게 일찍 발견되어 살아날 수 있었다. 왕자의 자살 소동에 놀란 왕과 왕비는 정략결혼을 포기하고 울며 겨자 먹기로 왕자의 결혼관을 존중하기로 했다. 왕의 동생이자 맥스 왕자의 삼촌인 클라우드 공이 호시탐탐 왕권을 노리고 있다는 걸 모르는 사람은 왕국에 없다시피 했다. 하나뿐인 왕세자가 죽는다면 왕위는 야심에 찬 클라우드 공에게 넘어갈 것이고 그런 일이 일어나서는 안 됐다. 왕과 왕비는 그저 맥스 왕자가 선택하는 운명의 여인이 왕국에 도움이 되는 지체 높은 신분이기를 바랄 뿐이었다.

그런 상황에서 맥스 왕자가 이웃 나라의 카스 공주와 결혼하겠다고 선언했을 때 왕과 왕비는 이게 웬 떡이냐 싶었다. 그 무렵 맥스 왕자는 생일을 맞아 선상 파티를 즐기다가 풍랑을 만났고 배가 뒤집히는 사고를 겪었다. 맥스 왕자는 물에 빠진 자신을 카스 공주가 구했으며 카스 공주가 바로 자신이 그토록 기다리던 운명의 여인이라고 했다. 카스 공주가 사는 오비 왕국은 영토가 넓고 군사력이 강했다. 하이트 왕국으로서는 주변 다른 왕국의 침략을 저지하기 위해서라도 오비 왕국과 화친을 맺을 필요가 있었다. 맥스 왕자가 선택한 상대가 하이트 왕과 왕비가 정략결혼을 시키고 싶어 하는 대상과 기가 막히게 일치한 것이었다. 맥스 왕자와 카스 공주는 모두의 축복 아래 약혼식을 치렀고 곧 결혼식도 치를 예정이었다.

맥스 왕자와 카스 공주의 결혼식을 하루 앞둔 날 아침이었다. 하이트 왕은 에일에게 그날 안으로 하이트 왕국을 떠나라는 왕명을 내렸다. 예비 며느리 카스 공주를 배려한 명령이었다. 약혼식 이후 하이트 왕국에 머물고 있던 카스 공주는 어디서 굴러먹다 온 건지 알 수 없는 에일이 맥스 왕자 주변에 있는 게 신경 쓰였다. 맥스 왕자는 처지가 불쌍해서 거둬준 것일 뿐 에일을 여동생처럼 생각하고 있으며 내 운명의 여인은 카스 공주 당신뿐이라고 말했지만, 카스 공주는 그 말을 완전히 다 믿지는 못했다. 카스 공주는 아버지에게 편지를 써서 맥스 왕자 주변에 에일이라는 소녀가 서성거리는 것이 불쾌하고 불길하다고 고자질했다. 하이트 왕은 자칫 오비 왕의 심기를 거슬러 이 결혼이 깨질까 두려웠다. 오비 왕국과의 화친이 깨진다면 하이트 왕국의 안전이 위협당하는 형국이었다. 결혼을 앞두고 설렘에 푹 빠진 맥스 왕자는 그전보다 에일을 시들하게 대하는 눈치였다. 맥스 왕자도 크게 저항하지는 않으리라고 왕은 생각했다.

예상대로 맥스 왕자는 왕명을 전해 듣고 조금 안타까워했을 뿐 에일을 만나보지도 않았다. 맥스 왕자는 총각으로서의 마지막 날을 조용히 사색에 잠겨 보내고 싶다며 훌쩍 교외 별궁으로 떠났다.

그날 늦은 오후 맥스 왕자의 시신이 발견됐다. 저녁 식사 메뉴를 묻기 위해 맥스 왕자의 방을 찾은 호프라는 시종이 맥스 왕자가 등에 단도가 꽂힌 채 쓰러져 있는 걸 보았다. 호프는 황급히 달려가 맥스 왕자의 몸을 뒤집었다. 맥스 왕자는 가슴까지 거의 관통당한 탓에 흠뻑 피를 흘린 채로 숨이 끊어져 있었다. 호프가 비명을 지르며 맥스 왕자의 죽음을 알렸다. 맥스 왕자에 대한 충심이 깊은 호프의 비명은 우레같이 컸다. 별궁에 있는 사람들이 각 방에서 뛰쳐나와 2층 서쪽에 있는 왕자의 방 앞으로 모여들었다. 부엌에서 요리를 하던 요리사와 주방 보조가 뛰어왔고, 청소를 하던 시녀들이 빗자루와 걸레를 들고 다가왔고, 바느질 방에서 옷을 꿰매던 시녀는 바느질감을 손에 든 채로 뛰어나왔다. 호프는 모여든 사람들 틈에 카스 공주가 있는 걸 보고 놀랐다. 이어서 저 멀리 클라우드 공이 뛰어오는 걸 보고 호프는 눈을 휘둥그레 떴다. 클라우드 공 뒤에는 에일이 인상을 찡그리며 걸어오고 있었다.

맥스 왕자는 오전에 갑작스레 별궁으로 왔다. 사전에 계획된 일정이 아니었다. 맥스 왕자는 조용히 있고 싶다며 최소한의 인원만 데리고 왔고 종일 혼자 방에 틀어박혀 있었다. 넓은 별궁은 텅텅 비다시피 했다. 카스 공주와 클라우드 공은 온다는 말도 없이 언제 별궁에 온 것일까?

"맥스 왕자님이…… 왕자님이…… 돌아가셨습니다!"

호프는 소리치며 직감적으로 에일을 노려보았다. 그날 아침 에일에게 추방령이 내려진 걸 호프는 알고 있었다. 그날 낮 별궁 복도에서 흐느끼고 있는 에일을 보았을 때 호프는 측은한 마음에 모른 척 지나가주었다. 그러나 맥스 왕자가 죽은 지금 호프의 의심은 에일에게 집중됐다.

2

그날 별궁에 있던 사람들을 대상으로 수사가 시작됐다.

공교롭게도 그날 맥스 왕자가 살아 있는 걸 마지막으로 본 사람은 호프로 밝혀졌다. 호프는 정확히 오후 3시에 이스트라는 이름의 시종과 함께 맥스 왕자 방으로 애프터눈 티 시중을 들러 갔다. 맥스 왕자는 흰색 블라우스에 검은색 조끼와 재킷 차림으로 앉아 책을 읽고 있었다. 재킷 가슴 주머니에는 풍성하게 모양을 잡은 행커치프를 꽂았다. 금실로 왕국의 문장과 왕자의 이름을 수놓은 것으로 왕자가 가장 좋아하는 행커치프였다.

결혼식을 하루 앞둔 새신랑 맥스 왕자는 기분이 썩 좋지 않아 보였다. 차를 따르며 호프가 이유를 물었다.

"방금 왔다 간 사람 때문에. 나 원 참. 뜬금없이 나타나서는……."

맥스 왕자는 짜증을 냈다.

"이봐, 호프. 왕은 한번 내린 결정은 바꾸지 않아. 바꿀 수 없는 거지. 아무렴. 사람들은 왜 그걸 모를까? 어리석기는."

"그럼요, 왕자님. 왕의 명령은 하늘의 명령 다음으로 무거운 것이니까요."

호프는 맥스 왕자의 눈치를 살피며 대꾸했다.

"돌려보내라고 해야겠어. 원래 살던 데로. 바다 건너 멀리 말이야."

호프와 이스트는 차 시중을 마치고 왕자의 방을 나와 별궁 중앙으로 갔다. 둘은 2층 중앙 계단 앞에서 헤어졌다. 호프는 중앙 계단을 타고 1층으로 내려왔고 계단 옆 복도에 쭈그리고 앉아 흐느끼고 있던 에일을 보았다. 순간 호프는 맥스 왕자가 한 말의 의미를 이해했다. 티타임 전 에일이 맥스 왕자의 방을 다녀간 모양이었다. 왕을 설득해 추방령을 거두어달라고 에일은 맥스 왕자에게 울며불며 호소했으리라. 하지만 맥스 왕자의 말처럼 왕명은 쉽게 거둘 수 있는 게 아니다. 호프는 딱한 마음에 모른 척 에일을 지나쳤다.

한편 이스트는 긴 복도를 가로질러 동쪽 끝까지 갔다. 동쪽 계단을 타고 내려온 이스트는 마구간으로 향했다. 내일 있을 결혼식을 위해 저녁 늦게라도 궁으로 돌아가야 했으므로 말의 상태를 점검하려는 것이었다. 이스트는 구유에 먹이가 있는지 살펴본 뒤 빗자루로 말 등을 한번 쓸어주고 다시 바삐 동문으로 향했다. 안으로 들어가기 직전 이스트는 첨탑에 걸린 시계를 보았다. 그때가 정확히 3시 17분이었다고 이스트는 이후 자신 있게 진술했다. 동문으로 들어서자마자 이스트는 카스 공주와 에일이 복도에서 서로 마주하고 서 있는 모습을 보았다.

"공주님. 여긴 어인 행차십니까."

이스트는 카스 공주에게 달려가 허리를 숙이며 에일을 힐끗 보았다. 에일은 눈물 자국이 남아 있는 얼굴을 푹 떨궜다.

에일의 심정이 어떨지는 이스트도 짐작할 만했다.

"왕자님께 하고픈 말이 있어서 왔다. 하지만 조금 이따 말해도 되겠지."

카스 공주가 말했다. 슬프고 지친 표정이었다. 카스 공주는 뒤에 대기하고 있던 시종들을 끌고 근처 트럼프 방으로 들어갔다.

"너는 여긴 왜 온 거냐."

이스트는 에일에게 책망하는 말투로 말했다. 에일은 손가락으로 동문을 가리킨 다음 손가락 두 개로 사람이 걸어가는 흉내를 냈다. 떠날 거라는 뜻이었다. 에일은 비탄에 빠진 몸을 질질 끌다시피 해서 동문으로 걸어 나갔다.

그 시각 동쪽 정원에 있던 클라우드 공이 별궁에서 나오는 에일을 만났다. 클라우드 공은 정원 벤치에 에일과 함께 앉았다. 그 뒤로 클라우드 공은 맥스 왕자의 죽음을 알리는 호프의 비명 소리가 들릴 때까지 에일과 함께 있었다고 진술했다.

정리하면 그날 에일은 맥스 왕자의 방을 나온 호프에게 1층 중앙 계단 옆 복도에서 목격됐는데 그때가 약 3시 10분경이었다. 그다음에는 3시 17분경 1층 동쪽 복도에서 이스트에게 목격됐다. 그 사이에는 에일을 봤다는 사람이 없었다. 에일은 이스트에게 목격된 이후에는 맥스 왕자의 시신이 발견될 때까지 정원에서 클라우드 공과 함께 있었다. 에일이 범인이라면 에일은 약 3시 10분에서 3시 17분 사이 맥스 왕자를 죽인 것이 된다.

에일은 자신에게 쏠리는 혐의를 전면 부인했다.

에일은 추방령이 내려지고 막막한 마음에 별궁으로 오긴 했지만 맥스 왕자를 만나진 못했다고 했다. 차마 맥스 왕자의 방에 들어갈 용기를 내지 못하고 울면서 별궁 복도만 맴돌았다는 것이었다. 동문 근처 복도에서 카스 공주와 마주친 다음에는 이게 다 무슨 소용인가 싶어 밖으로 나갔다. 그길로 왕국을 떠나려고 했으나 정원에서 클라우드 공을 만나 대화를 나눴다는 진술이었다. 무슨 대화를 나눴느냐고 물으니 클라우드 공이 자신이 왕에게 잘 말해볼 테니 왕국을 떠나지 말라는 말을 하며 위로하기에 그냥 듣고 있었다고 답했다. '맥스 왕자를 다시는 볼 수 없다는 생각에 슬퍼서 울었던 내가 그토록 연모하는 맥스 왕자를 왜 죽이겠느냐'며 에일은 결백을 주장했다.

그러나 그날 에일에 대한 다른 목격담이 나오면서 상황은 에일에게 불리하게 돌아갔다. 한 시녀가 그날 낮에 복도에서 비통하게 울고 있는 에일을 만났다며 그때 에일과 나눈 대화의 내용에 대해 진술한 것이다. 카스 공주가 오비 왕국에서부터 데리고 온 '테라'라는 이름의 시녀였다.

테라는 당시 에일이 가슴을 쥐어뜯으며 통곡을 하고 있었다고 말했다. 테라가 왜 그러느냐고 물으니 에일은 왕자의 방이 있는 계단 위쪽을 가리키며 가슴을 치고 손으로 목을 긋는 시늉까지 했다.

"얼마나 원통하게 우는지 저러다 죽어버릴 수도 있겠다 싶었어요."

테라는 말하며 고개를 설레설레 저었다. 그리고 에일이 자신에게 단도를 보여줬다고 말했다. 옷 속에 품고 있는 단도를 슬쩍 보여주고는 계속해서 손으로 목을 긋는 시늉을 했다는 것이다. 경찰은 깜짝 놀라 거기가 어디였고 몇 시쯤이었느냐고 물었다. 테라는 1층 서쪽 복도였으며 정확한 시간은 모르겠으나 티타임 조금 전이었다고 말했다. 그렇다면 호프가 에일을 목격하기 전이다.

경찰은 에일에게 단도에 대해 매섭게 추궁했다. 에일은 그날 단도를 품고 있었던 건 맞지만 너무나 비관적인 상황에 자살하고픈 마음이 들어 갖고 있었던 것이라고 했다. 테라에게 보인 손짓도 스스로 목숨을 끊어버리고 싶다는 뜻이었다고 해명했다. 단도는 그날 밤 호수에 빠뜨려 버렸다고 했다.

그날 에일이 갖고 있던 단도가 맥스 왕자를 살해하는 데 사용된 단도라는 증거는 없었다. 테라도 에일의 단도를 아주 스치듯 본 터라 왕자의 시신에 박힌 단도가 에일이 갖고 있던 단도인지는 모르겠다고 했다. 경찰은 직접적인 증거를 찾기 위해 골머리를 앓았다. 사법 분야 혁명과 함께 형사재판의 원칙으로 자리 잡은 증거재판주의 때문이었다.

그즈음 호프가 의미심장한 진술을 했다. 맥스 왕자의 행커치프가 없어졌다는 것이었다.

맥스 왕자는 등 뒤에서 심장 부근을 공격당했다. 단도는 맥스 왕자의 몸을 거의 관통했고 맥스 왕자는 등과 가슴에서 피를 흠뻑 흘린 채 죽었다. 그런데 그날 티타임 때만 해도 맥스 왕자의 가슴 주머니에 분명히 꽂혀 있었던 행커치프가 사라지고 없었다. 경찰은 에일의 방과 짐을 압수 수색 했고 별궁 정원까지 샅샅이 뒤졌다. 맥스 왕자의 피 묻은 행커치프를 가지고 있는 사람이 범인일 확률은 매우 컸고, 그것은 살인의 직접증거가 될 수 있었다. 그러나 맥스 왕자의 행커치프는 끝내 발견되지 않았다.

유력한 용의자인 에일이 혐의를 강력히 부인하고 직접증거는 찾지 못한 가운데 수사는 수개월간 진행되었다. 마침내 검사는 비록 직접증거는 없지만 모든 정황증거가 에일을 범인으로 가리킨다고 보고 에일을 맥스 왕자 살인 혐의로 기소하기에 이르렀다.

3

그사이 에일은 공익 변호사의 조력을 받아 민사소송을 제기
했다. 여기서 에일은 자신이 바다 세계에 사는 인어였다는 사
실을 처음 밝혔다. 인간 세계 구경을 나왔을 때 훔쳐본 맥스 왕
자에게 반해 마녀와 계약을 맺고 인간이 되었다는 것이다. 에일
은 마녀를 상대로 '불공정 계약 무효 확인소송'을 제기했다.

사법 분야 혁명이 일어났을 때 하이트 왕국은 바다 세계와
조약을 맺었다. 바다 세계는 인간 세계에 영향을 미쳐서는 안
된다는 내용이었다. 특히 과학적 인과관계의 법칙을 흔드는
마법을 인간 세계에 적용하는 걸 금했다. 만약 조약 체결 이전
에 바다 세계가 인간 세계에 영향을 미친 탓에 분쟁이 발생했
다면, 이를 해결하기 위해 필요한 경우에는 바다 세계에 속한
인물도 인간 세계에 소환할 수 있도록 정했다. 그 대가로 하이
트 왕국은 바다 세계의 질서를 무너뜨리는 포획과 침략을 하
지 않고 바다 세계의 주권을 존중해주기로 약속했다.

불공정 계약 무효 확인소송의 피고가 된 마녀가 조약에 따
라 하이트 왕국의 법원에 출석했다. 마녀는 매우 무력한 모습
으로 피고석에 앉았다. 바다 세계의 왕이 마녀가 법정에서 마
법을 쓰거나 난동을 부리는 등 인간 세계와의 조약을 어기는

행동을 한다면 마녀의 거처를 파괴하고 바다 세계에서 내쫓을 거라고 을렀기 때문이다. 특기인 마법을 쓸 수 없으니 마녀는 법정에서 그냥 쭈그렁 할머니에 불과했다. 물비린내 나는 검은 옷을 입은 보잘것없는 노인이었다.

"피고는 원고를 인간으로 만들어주는 조건으로 원고의 목소리를 빼앗고 걸을 때마다 발바닥이 유리 조각에 찔리는 듯한 통증을 느끼게 하였으며, 원고가 맥스 왕자의 사랑을 얻는 데 실패하여 만약 맥스 왕자가 다른 여자와 결혼하게 되면 원고를 물거품으로 변하게 하는 마법을 걸었다."

판사가 재판을 통해 인정된 사실을 읊자 방청객이 술렁였다. 그래서 에일이 빨리 걷지 못하고 걸을 때마다 인상을 찡그렸구나, 하고 말하며 고개를 끄덕이는 사람도 있었다.

판사는 에일과 마녀 간의 계약은 무효라고 선고했다. 인간이 되는 조건으로 마녀가 에일의 신체를 훼손한 정도가 너무 가혹하여 사회질서에 반하고, 맥스 왕자의 사랑을 얻을 수 있다면 무슨 희생을 감수해도 괜찮다는 식의 분별없는 생각에 빠진 어린 인어의 궁박과 경솔, 무경험을 이용하여 현저하게 불공정한 계약을 맺었다는 판결이었다.

"피고는 원고에게 목소리를 돌려주고, 걸을 때 통증을 느끼지 않도록 조치하라."

판사가 명령을 내렸다. 조약에 따라 마녀가 인간 세계에서 마법을 부리는 건 금지되어 있었다. 다만 조약 체결 이전의 마법 사용으로 인한 피해를 복구하기 위한 목적으로 마법을 사용하는 건 허용됐다. 물론 완전한 피해 복구를 위해서는 에일을 다시 인어로 만들라는 명령을 내려야 마땅했지만 에일이 맥스 왕자 살인범으로 기소되어 형사재판을 받는 상황이므로 적어도 판결이 나기 전에는 에일이 다시 인어가 되는 것을 허락할 수는 없었다.

마녀는 바다 세계로 가서 무쇠솥과 여러 가지 끔찍한 재료들을 가지고 돌아왔다. 목적 이상의 마법을 쓰지 않도록 철저한 감시를 받으면서 마녀는 무쇠솥에 재료들을 넣고 끓여 탁한 핑크색의 물약을 만들었다. 에일이 물약을 받아 마셨다.

"아, 아, 목소리가! 목소리가 돌아왔어! 내가, 내가 말을 할 수 있어!"

에일이 외쳤다. 주변에 있던 사람들이 탄성을 질렀다. 이윽고 에일은 방 안을 걸어보았다. 에일은 믿을 수 없다는 표정을 지으며 점점 걸음을 빨리하더니 밖으로 나가 쿵쿵 뛰어다녔다.

"하하! 아프지 않아! 조금도 아프지 않아!"

마녀는 씁쓸한 표정으로 무쇠솥을 등에 지고 바다 세계로 돌아갔다.

목소리를 되찾은 덕에 에일은 적극적으로 자신을 방어할 수 있게 되었다. 그 전에는 손짓이나 그림으로 의사 표현을 할 수밖에 없었으므로 자신의 구체적인 상황을 설명하는 데 한계가 많았다. 언어장애의 굴레에서 벗어난 에일은 맥스 왕자와 본인, 카스 공주 사이에 그간 무슨 일이 있었는지 낱낱이 말하기 시작했다.

에일은 선상 파티를 즐기다 풍랑을 만나 죽을 위기에 처한 맥스 왕자를 구한 건 카스 공주가 아니라 본인이라고 말하며 사람들을 놀라게 했다. 아직 인어였던 시절, 물에 빠진 맥스 왕자를 해변으로 끌어 올린 다음 심폐소생술로 살려냈다는 이야기였다. 10여 분에 걸친 심폐소생술 덕에 맥스 왕자가 겨우 자력으로 숨을 쉬기 시작했을 때, 에일은 자기가 있는 쪽으로 사람들이 다가오며 대화하는 소리를 들었다. 에일은 급히 바다로 들어가 바위 뒤에 숨어 상황을 살펴보았다. 예비 수녀 복장을 한 여자 두 명이 맥스 왕자를 보고 다가왔다. 그중 한 여자가 맥스 왕자를 붙잡고 흔들어 깨웠다.

"아아, 당신이군요! 저를 구해준 여인이!"

정신을 차린 맥스 왕자가 앞에 있는 여자를 보고 황홀한 표정으로 외쳤다. 나중에 맥스 왕자가 밝힌 바에 따르면, 맥스 왕자는 물에 빠져 기절한 가운데서도 어떤 여인이 자신을 해변으로 끌고 온 뒤 심폐소생술을 하는 것을 어렴풋이 느꼈다. 자신을 흔들어 깨운 여자가 그토록 기다리던 운명의 여인이라는 걸 맥스 왕자는 직감했다. 그 여인이 바로 카스 공주였던 것이다. 당시 카스 공주는 오비 왕국의 풍습에 따라 수녀원에 머물며 왕실 숙녀로서 마땅히 갖춰야 할 필수 교양 교육을 받고 있었다. 그 자리에 카스 공주와 함께 있던 여자는 어린 시절부터 카스 공주의 시중을 들어온 시녀, 테라였다.

소문난 운명론자이자 낭만주의자였던 맥스 왕자가 왜 갑자기 카스 공주와 결혼하겠다고 한 것인지, 그 뒤에는 또 어떤 이야기가 숨어 있었는지 왕국의 국민들은 속속들이 알게 되었다. 많은 국민이 에일의 처지를 동정했다. 에일이 맥스 왕자를 죽이지 않았을 거라고 에일의 편을 들고 나선 사람도 있었고, 오히려 에일의 혐의가 더 짙어졌다고 생각하는 사람도 있었다. 만약 그날 맥스 왕자가 살해당하지 않았더라면 다음 날 에일은 맥스 왕자의 결혼식이 치러지는 동안 물거품이 되어 사라졌을 것이기 때문이었다. 그것도 왕국에서 추방되어 아무에게도 그 처지를 알리지 못한 채 말이다.

4

무쇠솥을 지고 되돌아가기가 무섭게 마녀는 인간 세계에 또 불려 왔다. 이번엔 맥스 왕자 살인 사건에 관한 형사재판의 증인으로 소환됐다. 피고인인 에일이 마녀로부터 목소리를 되찾은 이후 재판은 활기를 띠었는데, 다름 아닌 피고인 측이 마녀를 증인으로 신청한 것이었다.

방청인들의 뜨거운 관심과 열기 속에 마녀에 대한 증인신문이 시작됐다.

"증인은 마법을 써서 피고인의 목소리를 빼앗고, 걸을 때마다 발바닥이 유리 조각에 찔리는 듯한 통증을 느끼도록 한 적이 있지요?"

에일의 변호사가 마녀에게 질문을 던졌다. 살인 혐의로 형사재판을 받는 피고인을 위해 왕국이 선임해준 국선 변호사였다.

"그러니까 그게…… 내가 사는 바다 세계에서는 말이지…… 그런 계약이 전혀 이상한 게 아니라고……."

마녀가 쉰 목소리로 중얼거리다가 판사가 신문에는 "네, 아니오"로만 대답하고 법정에서는 경청을 써달라는 주의를 주자 "네"라고 답했다.

에일의 변호사는 에일이 제기했던 불공정 계약 무효 확인소송 판결문을 마녀에게 내밀었다.

"최근 민사 법원이 내린 이 판결에 따라, 증인은 피고인에게 목소리를 돌려주고 걸을 때 발바닥의 통증을 제거하는 조치를 하였지요?"

"그럼 어떡해. 안 그러면 집을 부수고 바다에서 쫓아낸다고 하는데……."

마녀는 푸념을 늘어놓을 기세로 중얼거리다가 판사의 따가운 눈빛을 받고 금세 주눅이 들어 말했다.

"아이고, 네, 네네. 그, 그렇습니다요."

에일의 변호사는 한 박자 말을 쉬고 의미심장하게 웃었다.

"그것은 맥스 왕자가 살해된 이후의 일이지요?"

"네? 아, 네. 그렇습니다요."

"그렇다면 맥스 왕자가 살해된 날 피고인은 말을 할 수 없었고, 걸을 때마다 발바닥에 여전히 고통을 느끼는 상태였던 거네요. 맞습니까?"

마녀는 변호사가 왜 그렇게 당연한 것을 자꾸 묻는지 알 수가 없어 고개를 갸웃했다. 질문에 대답하라는 판사의 재촉을 받고서야 마녀는 "네"라고 답했다.

"존경하는 재판장님! 다음 질문에 앞서 잠시 본 변호인이 수사 결과 밝혀진 사실관계에 대해 잠시 언급할 수 있는 시간을 주시기를 청합니다!"

에일의 변호사가 법대를 바라보며 열정적으로 외쳤다. 재판장은 증인신문 중이니 너무 길지 않게 해달라는 당부를 하고 허락했다.

"감사합니다, 재판장님. 자, 저는 별궁에서의 목격 진술을 토대로 사건 당일 피고인의 동선을 정리해보려고 합니다."

에일은 그날 오후 3시 10분경 1층 중앙 계단 복도에 있었다. 맥스 왕자에게 애프터눈 티를 갖다주고 나온 호프가 그 시각 그곳에서 에일을 봤다. 그 뒤 오후 3시 17분경 마구간을 살펴보고 동문으로 들어온 이스트가 1층 동쪽 복도에서 에일이 카스 공주와 마주하고 서 있는 걸 보았다. 카스 공주는 에일과 마주치고 거의 동시에 이스트가 나타났다고 했다. 그러므로 에일이 범행 가능했던 시간은 그날 오후 3시 10분경에서부터 3시 17분 사이일 수밖에 없다고 에일의 변호사는 강조했다.

"3시 10분에 1층 중앙 계단 복도에 있었던 피고인이 2층 서쪽에 있는 맥스 왕자의 방에 들어가 맥스 왕자를 죽이고 3시 17분에 1층 동쪽 복도에서 목격되려면 말이죠, 일단 피고인이 이동해야 하는 총 거리는 얼마나 될까요?"

방청인들이 웅성거렸다. 별궁은 왕족들이 휴가를 보내는 별장으로 사용됐는데, 왕실의 별장인 만큼 일반 국민들은 상상하기 어려운 규모를 갖췄다.

에일의 변호사가 현장을 찾아 직접 실측해봤다고 하며 말을 이었다.

"1층 중앙 계단 복도에서 계단을 타고 2층으로 올라가 서쪽에 있는 맥스 왕자의 방에 갔다가 나와서는 동쪽 끝까지 간다음 또 계단을 타고 내려와 1층 동쪽 복도로 가는 총 거리는 말이죠, 약 447미터입니다."

판사와 방청객들이 고개를 끄덕였다. 별궁은 동서 길이가 약 300미터에 달한다고 알려져 있었다. 그날 별궁에는 맥스 왕자를 포함해서 서른 명도 안 되는 인원만 있었다. 거의 텅텅 빈 상태였던 것이다.

"범인이 맥스 왕자를 죽이는 데는 얼마만큼의 시간이 걸렸을까요?"

에일의 변호사가 법정에 있는 사람들을 향해 질문을 던졌다. 재판장이 눈썹을 한 번 꿈틀거렸다.

"맥스 왕자는 단 한 번의 공격으로 사망했습니다. 그러나 왕자의 방에 들어가 등을 돌리고 선 맥스 왕자에게 의심을 사지 않고 다가간 뒤 단도로 등을 찔러 죽인 다음 그 방을 나오기까지. 아무리, 아무리 짧게 잡아도 1분 이상은 걸렸을 거라는 게 본 변호인의 생각입니다! 아니 절대로 1분 이하로는 그 일을 마칠 수 없었을 겁니다!"

에일의 변호사는 증인석에 앉은 마녀에게 눈을 돌렸다.

"자, 증인! 증인이 피고인에게 건 마법에 의하면 피고인은 시속 또는 분속 몇 미터의 속도로 걸을 수 있었습니까?"

"시속? 분속? 그게 뭡니까요?"

마녀는 주름에 파묻힌 두 눈을 끔뻑거렸다. 방청석에서 누군가 쿡, 하고 웃었다. 재판장이 소리가 난 쪽을 노려보았다.

"질문을 바꿔보겠습니다. 증인의 마법에 걸린 상태에서 피고인은 뛸 수 있었습니까?"

"어림도 없습니다요. 걷는 것도 힘든데 뛸 수 있겠습니까요."

마녀는 그제야 안심이 된 듯 말했다.

"빠르게 걷기는 가능합니까? 그러니까 보통 사람의 평균 속도 이상으로 걷는 것 말이지요."

마녀가 고개를 내저었다.

"모르는 말씀이십니다요. 제 마법을 뭘로 보시는 겁니까요. 빠르게 걷기는커녕 보통 사람만큼 걷는 것도 힘듭니다요. 대대로 이어온 마법사의 명예를 걸고, 훌륭하신 제 고조할머니의 명예를 걸고 말씀드립니다요."

"그렇다면 말이지요……."

말끝을 늘이며 에일의 변호사는 회심의 미소를 지었다.

"성인은 평균 걸음 속도로 한 시간에 4킬로미터를 걷는다고 알려져 있습니다. 1분에 약 66미터를 걷는 꼴이죠. 그러니까 분속 66미터입니다. 그럼 일반적인 사람이 447미터를 걸으려면 얼마나 걸릴까요?"

방청석에서 계산이 빠른 누군가가 "7분"이라고 외쳤다.

"네, 맞습니다. 약 7분이 걸립니다. 자, 피고인이 만약 맥스 왕자를 살해한 범인이라면 말이지요. 피고인은 3시 10분부터 3시 17분 사이에, 왕자를 죽이는 데 필요한 최소한의 시간인 1분을 제외하면, 이건 정말 최소한으로 잡은 시간이라는 걸 고려해주시기 바랍니다. 어쨌든 이 최소한의 시간 1분을 제외하고 고작 6분 동안, 447미터를 걸어야 했습니다. 증인!"

변호사의 목소리는 점차 커졌다. 증인을 부르는 소리에 긴장한 마녀가 잔뜩 구부리고 있던 상체를 펴고 앉았다.

"뛰기는커녕 보통 사람만큼도 걷기 힘든 피고인이! 보통 사람이 평균 속도로 걸을 때 약 7분이 걸리는 거리를! 한 칸 한 칸 오르내릴 때마다 발바닥에 가해지는 압력으로 인하여 더더욱 고통스러웠을 계단을 두 번이나 끼고! 6분 안에 오갈 수 있었겠습니까? 증인이 피고인에게 건 마법의 효력에 비추어 이것이 가능한 일입니까?"

방청인들이 웅성거렸고 그 소리는 점점 커졌다.

"증인! 대답해보십시오! 어떻습니까!"

에일의 변호사가 소리쳤다. 흥분한 방청인 몇 명이 빨리 대답하라고 소리치며 떠들었다. 재판장이 봉을 내리치며 정숙하라고 명했다.

"에이, 그건 못 합니다요. 못 해요. 못 하지. 암만."

다소 시간이 걸려 변호사의 말뜻을 이해한 마녀가 해맑은 표정으로 답했다. 잠시 정적이 흘렀다.

이내 방청인 다수가 "와아" 소리를 내며 일어났다. 몇 명은 박수를 쳤다. 판사의 제지에도 불구하고 열띤 분위기는 쉽게 가시지 않았다. 그날 공판은 피고인 에일의 대승리로 끝났다.

5

형사재판에서 마녀에 대한 증인신문이 있기 얼마 전, 에일은 이번엔 카스 공주를 상대로 민사소송을 제기했다. '위법행위로 인한 손해배상 청구 소송'이었다. 카스 공주는 맥스 왕자가 카스 공주를 생명의 은인으로 착각하고 결혼을 결심한 사실을 뻔히 알면서도 맥스 왕자의 착각을 일깨우지 않고 암묵적으로 인정하는 방식으로 왕자를 속였고 이것이 에일에게 손해를 입혔다는 것이 소송의 요지였다.

카스 공주 측은 즉각 반발했다. 우선 카스 공주는 '조난됐을 당시 어떤 여인이 나를 물속에서 건져 구해내고 나에게 심폐소생술을 하는 걸 느꼈다'라는 맥스 왕자의 말을 믿지 않았다고 밝혔다. 맥스 왕자가 기절하여 정신이 혼미한 상태에서 꿈을 꾸었거나 꿈과 현실을 혼동했다고 생각했다. 그래서 맥스 왕자가 자신을 생명의 은인으로 여기는 걸 굳이 힘써 부인할 필요가 없었다고 카스 공주는 주장했다.

설령 백번을 양보하여 카스 공주가 맥스 왕자의 말을 믿었다고 하더라도 카스 공주는 맥스 왕자를 구한 사람이 에일이라는 걸 몰랐다. 그러니 카스 공주가 에일에게 무슨 손해를 입힐 수 있었겠느냐고 카스 공주 측은 물었다. 맥스 왕자의 착각을 그대로 두었다고 한들 그게 에일에게 피해가 갈 수 있는 일인지 카스 공주가 어떻게 알 수 있었겠느냐는 질문이었다.

그러나 에일은 맥스 왕자를 구한 사람이 에일이라는 것을 카스 공주는 분명히 알고 있었다며 거센 반박에 나섰다. 그 진실은 카스 공주와 가장 가까운 시녀 테라가 알고 있다며 다음과 같은 이야기를 했다.

맥스 왕자가 죽기 얼마 전, 테라는 에일을 찾아와 말했다.

"해변에서 쓰러진 맥스 왕자님을 발견했던 날, 나는 공주님보다 몇 발짝 앞서서 해변을 걷고 있었어."

테라는 엿듣는 사람이 없는지 주변을 살피며 나직한 목소리로 말을 이었다.

"나는 그때 누군가 맥스 왕자님 곁에 있다가 우리를 보고 도망치는 걸 어렴풋이 봤어. 맥스 왕자님이 깨어나 카스 공주님과 대화를 나누는 동안 나는 주변을 둘러보았지. 바위 뒤에서 어떤 여자가 얼굴을 내밀고 있다가 나와 눈이 마주치니까 급히 몸을 숨기더라고."

테라는 에일의 얼굴을 뚫어지게 바라보았다.

"그게 꼭 너 같단 말이야. 맞니? 에일, 네가 맥스 왕자님을 구한 거니? 맥스 왕자님께 심폐소생술을 했다는 여자가 너야?"

에일은 왈칵 눈물이 차올랐다. 끔찍한 고통을 감수하고 인간이 되어 나타났건만 맥스 왕자는 자신을 구해준 사람이 카스 공주라고 믿었다. 진실을 알리고 싶어도 에일은 말을 할 수가 없었다. 손짓이나 그림을 통해 차분히 설명할 기회도 주어지지 않았다. 맥스 왕자는 카스 공주와 구체적인 혼담이 오가면서부터는 마음이 들떠 에일을 잘 만나주지도 않았다. 답답한 상황에서 진실을 알아주는 사람을 만나 에일은 너무 기뻤다. 에일은 힘차게 고개를 끄덕였다.

"치! 웃겨 진짜! 그러고도 모르는 척 가만히 있는 거 보라지! 맥스 왕자님을 구하는 데 손끝 하나 까딱 안 한 주제에. 저도 알고 나도 아는데 말이야. 심지어 맥스 왕자님이 쓰러져 있는 걸 먼저 발견하고 달려간 건 나라고!"

테라는 카스 공주의 방이 있는 쪽을 째려보며 콧방귀를 뀌었다. 불에 델 듯 뜨거운 분노와 시기, 질투의 감정이 느껴졌다. 테라는 어릴 적 카스 공주의 또래 친구로 선발되어 오비 왕궁에 들어왔다. 자라면서 카스 공주의 몸시중을 드는 시녀가 됐고 카스 공주를 따라 하이트 왕국까지 왔다. 테라는 카스 공주의 공인된 심복이었다.

왕실의 종사자들이 겉보기와는 달리 자기가 모시는 왕가의 일원에게 증오를 품기도 한다는 걸 에일은 익히 알았다. 말을 못 하는 에일이 안전하다고 생각했는지 몇몇 시종과 시녀는 에일 앞에서 경계를 풀고 속마음을 보였다. 본질적으로는 자신과 하등 다를 게 없는 인간이 다이아몬드 수저를 물고 태어난 덕에 고귀한 존재로 떠받들어지며 온갖 혜택을 다 누리고 사는 것을 지켜봐야 하는 자괴감. 분노와 시기는 자괴감을 먹고 무럭무럭 자라 언젠가 자신을 드러내고 만다.

"가증스러운 것! 내가 보기엔 쟤도 지금 찜찜한 거야. 이 사실이 들통나면 맥스 왕자님이 당장 결혼을 취소할 테니까. 버림받을까 봐 불안해서 맥스 왕자님에게 모든 걸 다 갖다 바치고 있는 꼴 봤니? 상속받은 재산을 바치지 않나 오비 왕국에서 물려받은 식민지를 바치지 않나. 오비 왕국과의 교역권도 갖다 바치지 않나. 아주 나라를 다 팔아먹을 셈인가 봐. 맥스 왕자님보다 쟤가 더 맥스 왕자님에게 푹 빠졌다니까? 뿐이야? 자기가 아는 온갖 왕국의 셀럽들과 만남을 주선하고 있잖아. 매일매일 파티를 여는 통에 힘들어서 죽을 지경이라고!"

절박한 처지에 있던 에일은 테라의 숨겨진 마음이 오히려 반가웠다. 그건 에일을 살리기 위해 하늘에서 내려온 한 줄기 동아줄과도 같았다. 에일은 그날부터 몇 날 며칠에 걸쳐 테라에게 손짓과 발짓으로 자신의 사정을 설명했다.

"맥스 왕자님과 카스 쟤가 결혼을 하면 너는 물거품으로 사라진다고? 바다 세계의 마녀가 건 마법 때문에? 죽는다는 말이니?"

끈질기게 에일의 몸짓언어를 해석하던 테라가 드디어 모든 의미를 알아채고 물었다. 에일은 울음을 터뜨렸다.

"그런 일이 일어나게 둘 수는 없지!"

테라가 주먹을 불끈 쥐고 일어섰다. 에일은 테라에게 몸짓으로 간청했다. 맥스 왕자님께 대신 진실을 말해달라고. 맥스 왕자님을 구한 건 카스 공주님이 아니라 에일이라고. 맥스 왕자님이 고대해온 운명의 여인은 카스 공주님이 아니라 저 에일이라고.

당장이라도 뛰쳐나갈 기세로 일어선 테라는 돌연 멈칫했다. 시녀의 신분으로 왕가의 혼사 문제에 개입하는 건 그리 쉬운 일이 아니라는 걸 깨달은 것 같았다. 테라는 생각에 빠져 방 안을 빙빙 돌았다. 에일은 간절한 마음으로 테라의 대답을 기다렸다. 그 순간 이 세상에서 에일이 붙잡을 수 있는 사람은 오직 테라뿐이었다.

"나에게 맡겨, 에일."

테라가 결심한 듯 말했다.

"클라우드 공이 도와주실 수 있을 거야. 클라우드 공을 알고 있니, 에일?"

에일은 물론 클라우드 공에 대해 알고 있었다. 하이트 왕의 동생이자 맥스 왕자의 삼촌이었다. 클라우드 공은 젊은 시절부터 전쟁에 나가 많은 공을 세웠다고 들었다. 전쟁에서의 승리를 통해 얻은 세력을 바탕으로 현재도 여러 관직을 갖고 궁전에 출입하고 있었다. 하이트 왕은 자칫 차기 왕권을 위협할 수도 있는 존재인 클라우드 공을 경계했으나 이미 너무 많은 권력을 가진 혈육을 내칠 명분이 없었다. 클라우드 공은 호전적이었고 욕심이 많았으며 교활했다. 지금은 숨죽이고 있지만 언제라도 야심을 펼칠 기회가 찾아온다면 꽉 잡고 놓치지 않을 사람이라는 게 모두의 평가였다. 클라우드 공은 맥스 왕자가 강대국인 오비 왕국의 공주를 아내로 맞아 왕세자로서의 입지를 강화하는 걸 달가워하지 않을 터였다.

"테라 시녀님은 자기만 믿고 기다리라고 저에게 말했습니다."

에일은 법정에서 주장했다.

"카스 공주님은 테라 시녀님으로부터 분명히 진실을 전해 들었을 겁니다. 알고 있었을 거라고요."

그러나 에일이 카스 공주를 상대로 제기한 손해배상 청구 소송에는 원천적인 한계가 있었다. 카스 공주가 맥스 왕자 구조 사건의 진실을 알고 있었더라도 카스 공주가 진실을 묵인한 행위와 에일이 입은 피해 사이의 인과관계가 인정되기 어려웠다. 맥스 왕자가 진실을 알았다면 과연 카스 공주와 결혼하지 않았을 것인가? 그리고 에일과 결혼하겠다고 했을 것인가? 물론 운명적 사랑에 집착하는 맥스 왕자라면 능히 그랬으리라 추정할 만했다. 그러나 그것은 어디까지나 일어나지 않은 일에 대한 추측에 불과했다. 사람의 마음을 100퍼센트 장담할 수는 없는 노릇이었다. 더구나 맥스 왕자는 이미 죽고 없었으므로 그에게 만약 진실을 알았다면 어떻게 했을 건지 물어볼 수도 없었다. 맥스 왕자는 과연 카스 공주가 자기를 구해준 여인이라고 생각해서, 오로지 그 이유 하나만으로 카스 공주를 선택한 것일까? 또 자기를 구해준 여인이 에일이라는 걸 알았더라면 오로지 그 이유만으로 다른 조건은 다 제치고 에일을 결혼 상대로 삼았을 것인가? 혹시 맥스 왕자가 주장하는 '운명적 사랑'은 상대의 다른 매력적인 조건과 결합될 때에만 힘을 발휘하는 건 아닐까?

결국 에일의 손해배상 청구 소송은 기각됐다. 그러나 소송을 통해 드러난 사실들로 왕국은 술렁였다. 맥스 왕자 구조 사건의 내막을 알고 있는 테라가 카스 공주를 배신하고 클라우드 공과 손을 잡으려 했다는 점이 가장 흥미로운 부분이었다. 안 그래도 궁전 내에서 테라와 클라우드 공 사이가 수상쩍다는 소문이 돌고 있었다. 테라가 요즘 카스 공주의 시중은 통들지 않고 궁전을 돌아다니면서 클라우드 공과 만나 은밀한 대화를 나누는 모습이 자주 눈에 띈 것이다. 에일의 소송 이후 둘 사이는 단순한 염문을 떠나 정치적 계략을 꾸미는 공조 관계라는 의심을 받았다.

에일은 소송에서 졌지만 사실상 많은 것을 얻었다. 마녀의 증언과 맞물려 맥스 왕자 살인 사건을 지금까지와는 다른 관점에서 보게 하는 풍부한 재료를 제공했다. 그런 의미에서 에일은 꼭 졌다고만은 말할 수 없었다.

6

이야기를 마치고 라거 검사는 구원을 바라는 눈으로 상대를 바라보았다. 깊은 밤이었다. 어둠이 내린 창밖은 고요했고 벽난로의 장작은 탁탁 소리를 내며 타고 있었다. 라거 검사의 속도 타들어갔다. 마녀에 대한 증인신문 이후 에일의 혐의는 거의 벗겨졌다. 사건을 보는 관점에 대전환이 일어났고 수사는 원점으로 돌아갔다. 그 전까지는 에일을 유력한 용의자로 두고 에일의 범행을 입증하기 위한 수사에 집중했다면, 이제 그날 별궁에 있었던 다른 사람에게도 혐의점을 두고 다시 수사해야 했다. 초동수사가 부실했다는 비난과 함께 진범을 빨리 찾아야 한다는 압박에 시달려 라거 검사는 몸도 마음도 녹초가 된 상태였다.

"이상 맥스 왕자 살인 사건에 관하여 제가 알고 있는 건 모두 말씀드렸습니다, 몰트 백작님."

안락의자에 몸을 깊게 파묻고 앉은 몰트 백작은 눈을 감고 고개를 아주 살짝 끄덕였다. 몰트 백작은 안락의자에 앉은 채로 저택을 찾아온 라거 검사를 맞았다. 그 뒤 라거 검사의 이야기가 끝날 동안 한 번도 자리에서 일어나지 않았다. 몰트 백작을 두고 안락의자에 엉덩이가 붙어 있다는 둥 안락의자에 앉은 채로 태어났다는 둥 하는 소리가 항간에 떠돌았다.

라거 검사는 씁쓸하게 웃었다. 궁지에 몰린 나머지 라거 검사는 자존심을 꺾고 '생각하기 좋아하는 몰트 백작'을 찾아오고야 말았다.

"누가 맥스 왕자를 죽인 범인이겠습니까? 몰트 백작님."

몰트 백작은 두툼한 뱃살에 손을 올리고 라거 검사를 향해 빙긋 웃었다.

"흠…… 그래그래. 바쁘시겠지. 그러나 검사, 몇 가지만 확인해봐도 되겠소?"

"네, 그럼요. 얼마든지 물어보시지요."

라거 검사가 양손을 들어 올리며 말했다.

"그날 별궁에서 주요 인물들 간의 흥미로운 마주침이 몇 번 있었소이다. 우선 오후 3시 티타임이 있기 조금 전, 1층 서쪽 복도에서 테라와 에일이 마주쳤지. 당시 에일은 비통하게 울고 있었고 목을 긋는 시늉을 하며 테라에게 옷 속에 품은 단도를 보여주기도 했고. 맞소?"

"네, 그렇습니다. 백작님. 그래서 초기에 에일에게 혐의를 두었던 거지요."

라거 검사가 쓰라린 마음으로 답했다.

"그 뒤 3시 정각에 호프와 이스트가 애프터눈 티 시중을 들러 맥스 왕자의 방에 들어갔소. 맥스 왕자의 방을 나온 호프가 3시 10분경 1층 중앙 계단 옆 복도에서 흐느끼고 있는 에일을 보고 지나쳤고. 한편 이스트는 마구간에 갔다가 동문으로 들어오는 길에 3시 17분경 1층 동쪽 복도에서 에일과 카스 공주가 마주 서 있는 걸 봤지. 이스트와 짧은 대화를 나누고 카스 공주는 바로 시종들과 트럼프 방으로 들어갔고 에일은 동문으로 나가 정원에 있던 클라우드 공과 마주쳤소. 그 뒤 맥스 왕자의 시신이 발견될 때까지 그들의 알리바이는 확실한 거요?"

"네, 확실합니다. 카스 공주는 시종 세 명과 포커를 치다가 호프의 비명을 듣고 트럼프 방에서 시종들과 함께 뛰어나왔습니다. 에일은 정원에서 클라우드 공과 계속 같이 있었습니다."

"테라는 어디 있었소?"

"테라는 에일과 헤어진 뒤 혼자 바느질 방에서 옷감을 꿰매고 있었다고 했습니다. 맥스 왕자의 시신이 발견됐을 때 테라가 바느질 방에서 나오는 걸 봤다고 호프가 진술했습니다. 꿰매던 옷감을 손에 든 채로 나왔다더군요."

몰트 백작이 흥미롭다는 듯 고개를 끄덕였다. 카스 공주의 몸시중을 드는 테라가 카스 공주 곁에 있지 않고 혼자 방에서 바느질을 하고 있었다는 것부터가 범상치 않은 부분이었다.

그날 테라의 하극상은 극에 달했다. 테라는 카스 공주에게 말도 없이 자리를 비우고 별궁으로 왔고, 카스 공주가 그런 테라를 찾으러 다녔다는 것이 재수사 과정에서 밝혀졌다. 카스 공주는 하극상을 당한 것이 창피했는지 수사 초기에는 이 점을 말하려 하지 않았다. 마법에서 풀려나 목소리를 되찾은 에일이 그날의 상황을 진술했다.

"카스 공주님은 저를 보자마자 네가 왜 여기 있는 거냐고 말하며 놀라셨습니다. 그러더니 제게 다가와 테라가 어디 있는지 아느냐고 물으셨습니다. 제가 손짓으로 대답을 하기도 전에 이스트 님이 다가왔습니다."

카스 공주는 수치심으로 얼굴을 붉히며 그날 테라를 찾으러 다니다가 에일과 마주친 뒤로는 급격히 허무하다는 생각이 들어 테라를 찾는 걸 포기하고 시종들과 포커를 치러 들어갔다고 말했다. 카스 공주는 평소 스트레스를 포커로 달래는 습관이 있었다.

"클라우드 공은 그날 별궁 안에서는 목격되지 않은 것이오?"
몰트 백작이 물었다.

"네, 클라우드 공 본인도 별궁 정원만 거닐었다고 말했습니다. 머리를 식히러 별궁 정원을 찾았다는데 그냥 하는 말이겠지요. 어쨌든 맥스 왕자의 시신이 발견되기 전까지 그날 별궁 안에서 클라우드 공을 목격한 사람은 없습니다."

몰트 백작은 눈을 감고 몸을 뒤로 젖혔다. 눈앞에 라거 검사가 있다는 사실을 잊은 건지 몰트 백작은 한동안 혼자만의 생각에 빠져 간혹 혼잣말로 무슨 말인가를 중얼거렸다. 어떤 지점에서는 고개를 주억거리거나 내젓기도 했다. 시간이 흘렀다. 라거 검사는 조바심을 참으며 벽난로의 불꽃만 바라보았다.

몰트 백작이 중얼거림을 멈추고 눈을 떴다. 몰트 백작의 살진 얼굴에 만족스러운 미소가 퍼졌다. 그 틈을 타고 라거 검사가 물었다.

"누굴까요? 범인이?"

"허허. 라거 검사, 다 나와 있지 않소?"

몰트 백작이 거드름을 피우며 웃었다.

"네? 무엇이 말입니까?"

라거 검사는 벙찐 얼굴로 물었다.

"지금까지 검사가 말한 이야기 속에 답이 다 숨어 있소이다. 어쨌거나 지금 이 모든 추론 과정을 다 설명하는 건 적절하지 않소. 오늘은 누가 범인인지만 말씀드리리다. 검사는 우선 그 사람의 주변을 압수 수색 해보시오. 영장 청구 사유는…… 뭐, 잘 만들어보면 될 것이오. 그리고 증거를 찾아오시오. 그러면 그때, 그 사람이 왜 범인일 수밖에 없는지 설명해드리겠소."

몰트 백작이 말했다.

"백작님!"

인내심의 한계를 느낀 라거 검사가 소리쳤다. 라거 검사는 '생각하기 좋아하는 몰트 백작'에 대한 소문이 다 거짓이며 안락의자와 한 몸처럼 앉아 있는 저 뚱뚱한 남자는 사기꾼이나 허풍쟁이가 분명하다는 생각이 들었다. 그래서 내가 이곳에 오지 않으려고 했건만. 수사가 난항에 빠지자 라거 검사에게 너도나도 몰트 백작을 찾아가라고 권했다. 혹자는 몰트 백작을 보고 '명탐정'이라고 칭했다.

모르는 소리. 제까짓 게 무슨 명탐정?

라거 검사는 안락의자째로 몰트 백작을 들어 창문 밖으로 던지고 싶은 충동을 느꼈다. 국가로부터 당당히 범죄자를 수사하고 기소할 권한을 부여받은 사법 엘리트의 자존심이 고개를 들었다.

"아이쿠! 너무 화내지는 마시오, 라거 검사. 나도 내 추리가 맞는다는 걸 확인해볼 기회를 갖고 싶어 그러오. 자신 없어서가 아니오. 솔직히 말하자면 뭐, 자부심을 충족하고 싶어서 그렇소. 내게 그 정도는 누리게 해주시오."

몰트 백작은 라거 검사를 달래듯 허공에 손을 내저었다. 라거 검사는 불만이 남은 얼굴로 입을 꾹 닫았다.

"자자, 좋소. 그럼 힌트를 드리겠소. 이 세 가지만 생각해보시오. 그럼 검사도 해답에 이를 수 있을 것이오."

"……힌트?"

라거 검사가 부글거리는 속을 누르며 말했다.

"첫째, 애프터눈 티를 가지고 온 호프에게 맥스 왕자가 한 말."

라거 검사는 인상을 찌푸리며 그날 맥스 왕자가 호프에게 했던 말을 차근차근 더듬어보았다.

기분이 좋지 않아 보이는 이유를 묻는 호프에게 맥스 왕자는 "방금 왔다 간 사람 때문에. 나 원 참. 뜬금없이 나타나서는……"이라고 말했다. 이어서 "이봐, 호프. 왕은 한번 내린 결정은 바꾸지 않아. 바꿀 수 없는 거지. 아무렴. 사람들은 왜 그걸 모를까? 어리석기는"이라고 말했다. 호프가 왕의 명령은 하늘의 명령 다음으로 무거운 것이라며 맥스 왕자의 말에 동조했다. 그러자 맥스 왕자는 "돌려보내라고 해야겠어. 원래 살던 데로. 바다 건너 멀리 말이야"라고 말했다. 그것이 끝이었다.

"맥스 왕자가 한 말이…… 어떻다는 겁니까?"

"흠. 어떤 위화감이 느껴지지 않소?"

라거 검사가 고개를 갸웃했다. 몰트 백작은 바로 말을 이었다.

"둘째, 카스 공주가 에일을 마주쳤을 때 카스 공주는 테라를 찾으러 다니고 있었다는 사실."

라거 검사는 말없이 눈만 끔뻑거렸다.

"셋째, 맥스 왕자의 행커치프가 없어진 이유."

"행커치프가 갑자기 왜……."

"바꿔 말하면 범인에게 전리품이 필요했던 이유라고 할까."

몰트 백작은 어깨를 으쓱하며 덧붙였다.

"……그게 다입니까?"

라거 검사가 물었다. 갈수록 더 의미를 알 수 없는 백작의 말에 라거 검사는 더 이상 화도 나지 않았다.

"그렇소. 그날 맥스 왕자가 했던 말. 테라를 찾으러 다니던 카스 공주. 맥스 왕자의 행커치프. 그 세 가지만 잘 생각해보면 될 것이오. 그럼 범인이 누군지 먼저 알려드릴까? 자, 이리 가까이 오시오."

몰트 백작은 안락의자에서 몸을 떼지 않은 채 라거 검사에게 손짓했다. 라거 검사는 홀린 듯이 몰트 백작에게 다가가 귀를 기울였다. 몰트 백작이 범인의 이름과 찾아야 할 증거의 목록을 알려주었다.

라거 검사는 반신반의한 얼굴로 한밤중에 몰트 백작의 저택을 나왔다.

7

그로부터 3일 후. 몰트 백작은 안락의자에 몸을 잔뜩 기대고 앉아 자신만만한 기세로 외쳤다.

"동기! 최우선으로 살펴봐야 할 것은 인물들의 동기였소. 라거 검사!"

라거 검사는 맞은편에서 열심히 고개를 주억거렸다. 증거 발견에 성공한 지금, 라거 검사는 몰트 백작의 말이라면 이제 무엇이든지 믿을 준비가 되어 있었다.

"결혼식을 하루 앞두고 맥스 왕자는 불쑥 별궁으로 왔지. 마침 그날 아침 에일에게는 추방령이 떨어졌고. 에일은 그렇다 치고 카스 공주와 테라, 클라우드 공까지 슬금슬금 맥스 왕자가 있는 별궁에 모여들었소. 누가 봐도 이상한 상황 아니오?"

"그렇습니다, 몰트 백작님."

라거 검사가 존경의 빛을 품은 눈으로 몰트 백작을 바라보며 답했다. 깨끗한 물에는 파리가 꼬이지 않는다. 왕실 사람들을 파리에 비유해서 미안하지만, 그날 그들이 맥스 왕자 주변으로 하나둘씩 모여든 건 정말 수상했다. 돌이켜 생각해보면 그 자체가 일촉즉발의 상황임을 암시하는 거였다.

"우선 에일. 에일에게는 무엇보다 강력하고 절박한 동기가 있었소. 다음 날이면 맥스 왕자가 결혼을 한단 말이지. 그럼 물거품이 되어 사라지게 되거든. 맥스 왕자를 죽이면? 죽은 사람은 결혼을 할 수 없지. 그렇지 않소?"

몰트 백작이 한쪽 눈을 찡긋하며 말했다.

마녀가 에일에게 건 마법에 대해 몰랐을 적에는 에일이 맥스 왕자에게 추방령을 거두도록 왕을 설득해달라고 사정했는데도 맥스 왕자가 들어주지 않자 격분해서 그를 죽인 거라고 생각했다. 그러나 당시 에일에겐 목숨이 달린 문제가 있었다.

"하지만 에일은 맥스 왕자를 죽일 수 없었지. 에일의 걸음 속도에 대한 국선 변호사의 논증은 아주 훌륭했소. 그렇다면 다음엔 클라우드 공. 흠…… 라거 검사께서는 클라우드 공의 동기에 대해 어떻게 보셨소?"

"클라우드 공이요?"

질문을 받고 라거 검사는 눈을 크게 떴다.

"음. 뭐랄까……. 클라우드 공 입장에서는 맥스 왕자가 강대국의 공주인 카스 공주와 결혼하는 건…… 뭐 그다지 반갑지 않은 일이기는 하겠으나……."

라거 검사의 조심스러운 말투에 몰트 백작이 웃음을 터뜨렸다.

"염려할 거 없소, 검사. 클라우드 공이 왕위를 노리고 있다는 건 왕국 사람 모두가 아는 사실이오. 말 못 할 게 뭐요?"

"네……. 그렇다고 그게 맥스 왕자를 죽일 만한 동기는 못 되겠지요."

라거 검사가 무안함을 숨기며 말했다.

맥스 왕자가 죽는다면 다른 왕자가 없는 상황에서 왕위는 왕의 동생인 클라우드 공에게 계승될 확률이 높아진다. 맥스 왕자가 죽으면 가장 이득을 보는 사람은 클라우드 공이다. 이건 맥스 왕자가 살해되면 가장 의심받기 쉬운 사람도 클라우드 공이라는 뜻이다. 클라우드 공이 범인으로 몰릴 위험을 감수하면서까지 결혼을 막으려 맥스 왕자를 죽일 이유는 충분치 않았다.

"라거 검사, 클라우드 공이 그날 왜 별궁에 왔다고 생각하시오?"

몰트 백작이 물었다.

"글쎄요……."

"그날 에일에게 추방령이 내려졌기 때문이오."

몰트 백작이 한 박자 쉬었다가 말을 이었다.

"테라와 클라우드 공은 같은 목적을 가지고 있었소. 맥스 왕자가 카스 공주와 파혼하고 에일과 결혼하도록 만드는 거였지. 둘은 이해관계가 맞았거든. 맥스 왕자가 오비 왕국과 척을

지고 미천한 신분인 에일과 결혼하게 되면 왕세자로서의 지위가 매우 취약해지겠지. 오비 왕국의 분노를 사서 하이트 왕국이 위태로워질 수도 있소. 그 틈을 타고 클라우드 공은 왕이 될 기회를 노릴 수 있고, 테라는 얄미운 카스 공주를 소박을 맞게 하고 클라우드 공의 권세에 힘입어 부와 명예를 얻을 수 있는 거요."

"아! 그날 폭로할 생각이었던 거군요, 그들은."

라거 검사가 감탄을 섞어 말했다. 에일이 하이트 왕국을 떠나기 전 그들은 맥스 왕자에게 맥스 왕자 구조 사건의 진실을 폭로해야 했던 것이다. 라거 검사는 평소 그다지 친절하거나 다정하지 않은 클라우드 공이 별궁에서 나온 에일을 붙잡고 왕국을 떠나지 말라고 말하며 위로한 이유를 이해했다.

"아마 테라가 맥스 왕자에게 말할 계획이었을 것이오. 클라우드 공은 맥스 왕자의 반응이 어떤지 보고받기 위해 별궁 정원을 맴돌고 있었던 게 아닐까 싶소. 조바심이 난 거지."

"그렇다면 클라우드 공이 맥스 왕자를 죽여야 할 동기는……."

"불투명하오."

몰트 백작은 딱 잘라 말했다.

"뭐, 여기까지 생각했을 때 말이지. 그렇다면 테라는? 테라는 어떻다고 보시오?"

"일개 시녀인 테라에게 하이트 왕국의 왕자를 살해할 동기가 있을 것 같지는 않습니다, 백작님."

라거 검사는 테라가 그날 맥스 왕자에게 맥스 왕자 구조 사건의 진실을 폭로했을지 궁금해졌다. 맥스 왕자는 진실을 알기 전에 죽은 걸까, 알고 나서 죽은 걸까.

"좋소. 그러면 다음은 카스 공주. 카스 공주는 어떻소?"

라거 검사는 생각에 빠져 미간을 좁혔다.

만약 그날 테라가 맥스 왕자에게 진실을 말했다면 어땠을까? 진실을 알게 된 맥스 왕자가 카스 공주에게 파혼을 선언했다면?

"나와 같은 생각을 하고 있는 것 같구려."

몰트 백작이 은근한 표정으로 라거 검사를 바라보았다.

"카스 공주는 맥스 왕자에게 꽤나 빠져 있었다지. 재산이며 권력이며 인맥까지 다 주면서 맥스 왕자의 마음을 사로잡으려 했다니까 말이오. 오죽하면 공주의 신분으로 자기 시녀를 잡으러 찾아다녔겠소. 시녀의 입을 막으려고."

몰트 백작은 카스 공주가 테라의 속셈을 알고 있었을 거라고 말했다. 테라가 카스 공주에게 직접 얘기하지 않았더라도 상황이 돌아가는 걸 보고 눈치채지 않았겠느냐고 말이다. 그래서 몸종이 말을 안 듣고 하극상을 부려도 어쩌지 못했던 것이다.

"그러나 검사. 그날 에일이 카스 공주와 마주쳤을 때 카스 공주는 테라를 찾으러 다니고 있었소. 이게 의미하는 바가 뭐겠소?"

지난번 몰트 백작이 라거 검사에게 생각해보라고 한 세 가지 중 한 가지가 나왔다. 라거 검사는 무릎을 쳤다.

"카스 공주는 그때까지 테라가 맥스 왕자에게 폭로를 했는지 안 했는지도 몰랐습니다! 그래서 테라를 잡으러 다니고 있었던 겁니다!"

몰트 백작이 모범생을 바라보는 교사와 같은 눈빛으로 라거 검사를 보았다.

"그렇소. 당연히 그때까지 맥스 왕자가 카스 공주에게 파혼 선언을 하지도 않은 상황이라고 봐야겠지. 자, 그날 그곳에 있던 주요 인물 중 유일하게 살인 동기가 엿보였던 카스 공주의 동기가 사라져버렸소. 카스 공주는 에일을 마주치기 전에는 살인의 동기가 없고, 그 이후에는 시종들과 줄곧 포커를 쳤으니 살인의 기회가 없소. 이제 겉으로 보이는 동기 이외에 다른 것을 찾아야 하는 거지. 생각이 여기에 미쳤을 때 내 머릿속을 자꾸 건드렸던 게 뭔지 아시오?"

라거 검사는 몰트 백작이 일러준 세 가지를 떠올렸다.

"그날 맥스 왕자가 호프에게 했던 말?"

몰트 백작은 빙긋이 웃었다.

"……자꾸 거슬리더란 말이지."

검지로 관자놀이를 톡톡 두드리며 몰트 백작은 중얼거렸다.

"'돌려보내라고 해야겠다'라니 무슨 말이지? 누구에게? 누구를? 왜? 그 사람에게 직접 돌아가라고 하면 안 되는 건가? '바다 건너 원래 살던 데'란 또 무슨 말이지? 에일이 어디서 왔는지 맥스 왕자는 몰랐을 텐데. 바다 세계에서 온 인어였단 것은 물론 다른 나라에서 왔는지 하이트 왕국 출신인지조차 몰랐지. 안 그렇소, 검사?"

"네, 맥스 왕자는 에일을 두고 한 말이 아니었죠. 호프가 잘못 생각했습니다."

"맞소. 호프는 맥스 왕자의 방을 나와 1층 중앙 계단 복도에서 울고 있는 에일을 보았지. 그러자 이 충직한 시종의 머릿속에서 방금 맥스 왕자가 했던 말과 에일이 연결돼버린 거요. 하지만 에일은 바다를 건너왔는지 바닷속에서 왔는지 육지를 건너왔는지 알 수 없는 사람인 데다가 맥스 왕자는 에일을 돌려보내라고 할 필요가 없었소. 에일에겐 이미 왕의 추방령이 내려진 상태니까 말이오."

선입관이란 정말 무서운 거라며 몰트 백작은 고개를 설레설레 저었다.

"반면 그날 별궁에는 확실히 바다를 건너온 사람이 두 명 있었지."

"오비 왕국에서 온 카스 공주와 테라였죠."

라거 검사가 말을 받았다.

"그렇소. 그중에 '돌려보내라고 해야겠다'라는 말이 어울리는 사람은 누구겠소? 아무리 왕세자라 하더라도 자기 부인 될 사람이 데려온 시녀에게 직접 오비 왕국으로 돌아가라고 명하기는 어렵지 않겠소?"

"맥스 왕자의 방에 '방금 왔다 간 사람'은 테라였던 거군요, 몰트 백작님."

몰트 백작은 고개를 크게 끄덕였다.

"3시 조금 전 테라는 1층 서쪽 복도에서 에일이 비통하게 울고 있는 걸 보았다고 했소. 그런 테라의 진술이 의미하는 걸 당시 검사는 한쪽 면으로만 바라보았소. 수사 초기 에일에게 모든 혐의가 쏠린 나머지 에일의 범행을 입증하는 정황으로만 바라봤던 것이오."

라거 검사는 몰트 백작의 시선을 피하며 괜스레 목을 가다듬었다.

"그 진술은 테라가 3시 조금 전 1층 서쪽 복도에 있었다는 사실을 가리키오. 에일만 그 시간에 거기 있었던 게 아니라 테라도 그 시간에 거기 있었던 거지. 2층 서쪽에 있는 맥스 왕자의 방을 나와 1층으로 내려왔던 것이오. 자, 그럼 이쯤에서 맥스 왕자의 행커치프에 대해서도 검토해보지 않겠소?"

몰트 백작이 말한 세 가지 중 마지막 사항이 언급됐다.

수사 초기부터 맥스 왕자의 행커치프를 찾기 위해 라거 검사는 열을 올렸다. 맥스 왕자의 행커치프를 가져간 사람이 범인임이 틀림없을 것이기 때문이었다.

"범인으로서는 아주 위험한 행동이었소. 행커치프를 가지고 있는 게 발각되면 꼼짝없이 범인으로 몰리는 거였지. 범인은 왜 그런 위험을 감수하면서까지 맥스 왕자의 행커치프를 가져갔던 것일까? 살인의 전리품이 필요했던 사람은 누구일까?"

"……솔직히 행커치프를 찾아야겠다는 생각만 했지 그런 쪽으로는 생각해본 적 없었습니다. 부끄럽습니다, 몰트 백작님."

몰트 백작이 한 손을 들어 올려 라거 검사의 말을 막았다.

"너무 자책하지 마시오, 라거 검사. 너무 무거운 책임감은 종종 확증 편향을 불러온다오. 그러니 나 같은 사람이 있는 것 아니겠소. 나야 아무런 책임도 역할도 없으니 자유롭게 생각할 수 있는 거라오. 호프도 그날 맥스 왕자가 한 말이 다 에일을 두고 한 말이라고 생각했잖소. 맥스 왕자가 '왕은 한번 내린 결정을 바꾸지 않아'라고 한 것도 그날 아침 왕이 내린 에일에 대한 추방령을 가리키는 거라고 생각했지."

"그렇다면 맥스 왕자가 말한 '왕의 결정'이란 뭐였던 겁니까, 몰트 백작님?"

몰트 백작은 혀를 쯧쯧 차며 안락의자에 몸을 기댔다.

"라거 검사, 맥스 왕자는 왕세자였소. 차기 왕위를 이을 사람이었던 거지. 맥스 왕자가 자기가 내린 결정을 가리켜 '왕의 결정'이라 말한다 해도 그렇게 이상하다거나 불경하다고 말할 수는 없는 것 아니겠소?"

맥스 왕자 스스로가 내린 결정이라고? 맥스 왕자가 무슨 결정을 내렸지?

라거 검사는 슬슬 머리가 아파왔다.

"지금까지 한 추리를 생각해보시오, 검사. 그날 티타임 전에 맥스 왕자의 방을 다녀간 사람은 테라였소. 테라는 맥스 왕자 구조 사건의 진실을 폭로했겠지. 그런데 맥스 왕자의 반응은 어땠소? '방금 왔다 간 사람 때문에' 기분이 좋지 않았지. 그러면서 호프에게 '왕의 결정' 운운하면서 한번 내린 결정은 바꿀 수 없는 거라고 했단 말이오. 그리고 카스 공주로 하여금 테라를 오비 왕국으로 돌려보내도록 해야겠다는 취지의 말을 했고."

"아……!"

라거 검사는 놀라 입을 벌렸다.

지금까지 당연하다고 생각했던 전제가 전복되는 순간이었다.

테라의 폭로를 듣고 맥스 왕자는 카스 공주와 파혼하고 에일과 결혼해야겠다는 마음을 먹기는커녕 기분이 나빠져서 테라를 오비 왕국으로 돌려보내야겠다는 생각을 했다. 맥스 왕자가 말한 '왕의 결정'은 카스 공주와 결혼하기로 한 맥스 왕자 자신의 결정이었다.

"에일, 카스 공주, 테라, 클라우드 공을 포함해서 우리 모두 맥스 왕자에 대해 잘못 생각하고 있었던 것이오. 맥스 왕자는 더 이상 낭만적 사랑의 이데올로기에 빠져 있는 소년이 아니었소. 다 컸단 말이오. 현실을 알 만한 나이가 됐지. 카스 공주가 자신을 구한 운명의 여인이라고 생각하고 결혼을 결심하기는 했겠지. 그러나 점차 카스 공주가 자신에게 주는 것, 줄 수 있는 것들이 더 중요하고 가치 있다고 생각하게 되었던 거요. 오비 왕국의 든든한 후원, 재산과 권력, 화려한 인맥들. 에일은 줄 수 없는 것들이지. 우리 모두 맥스 왕자의 결혼관이 바뀐 줄 몰랐던 것이오. 그건 눈에 보이지 않는 것이니까."

"이런 젠장! 아, 죄송합니다. 몰트 백작님."

라거 검사의 반응에 몰트 백작은 호탕하게 웃었다.

"검사가 지금 그런 마음이 드는데 테라는 어땠겠소? 카스 공주에게 한 방 날리고 인생 역전 할 수 있으리라 기대하고 일생일대의 도박을 했건만, 오히려 모든 것을 잃고 오비 왕국으로 쫓겨날 처지가 되었지. 그런데 말이오. 세상이 무너질 것 같은 마음으로 맥스 왕자의 방을 나온 테라는 기절할 듯이 울고 있는 에일을 만났소. 죽음에 대한 공포에 사로잡혀 제정신이 아니었던 에일은 품고 있던 단도를 보여주며 목을 긋는 시늉까지 했지."

"아아! 드디어 알겠습니다. 몰트 백작님! 알겠어요."

라거 검사가 환한 얼굴로 말을 이었다.

"테라는 지금 맥스 왕자를 죽이면 에일에게 혐의를 뒤집어 씌울 수 있을 거라 생각했던 겁니다!"

"정확하오. 그러니 망설일 게 무엇이오. 테라가 맥스 왕자를 죽였소. 그리고 맥스 왕자의 행커치프를 챙겼지. 만약을 대비해서 말이오. 뭐겠소?"

"클라우드 공의 배신을 막고 자신을 보호하기 위해서였죠."

테라는 클라우드 공과 연합한 상태였다. 맥스 왕자를 죽이면 클라우드 공이 왕이 될 것이다. 그러나 왕이 된 클라우드 공이 그때 가서 테라의 은공을 잊고 나 몰라라 할 수도 있고 테라를 화근으로 여겨 제거하려 들 수도 있다. 테라에겐 클라우드 공의 배신을 막을 보험이 필요했다.

"그래서 저에게 테라의 주변을 압수 수색 하라고 하셨던 거군요. 몰트 백작님!"

라거 검사는 지난 3일간 테라의 몸수색은 물론이요, 테라의 방과 궁전 내에서 테라가 갈 만한 곳 모두를 샅샅이 뒤졌다. 그리고 몰트 백작의 저택으로 다시 찾아오기 직전 증거를 찾아냈다.

맥스 왕자의 피가 묻은 행커치프와 클라우드 공이 친필로 작성한 편지들.

클라우드 공은 편지에 맥스 왕자를 왕세자 자리에서 끌어내리기 위해 테라에게 부여한 임무에 대해 상세히 써놓았다. 행커치프와 편지들을 가지고 있는 한 테라는 클라우드 공과 은밀한 거래를 유지하는 동시에 견제가 가능했으리라. 여차하면 왕위를 노린 클라우드 공의 지시에 따라 맥스 왕자를 죽였다고 자백하겠다는 협박이 가능했던 것이다. 폭로의 여왕, 테라. 계획했던 폭로가 수포로 돌아가자 더 큰 폭로를 무기로 삼을 기회를 스스로 만들어냈다.

"범인은 체포했소?"

"네. 지금 신문 중입니다. 증거를 찾자마자 체포했고, 저는 바로 백작님께 달려온 겁니다. 사건의 전말을 듣고 싶어 한시도 참을 수가 없었거든요."

라거 검사는 힘차게 자리에서 일어났다.

"동기를 알았으니 곧 완전한 자백을 받을 수 있을 겁니다. 이게 다 몰트 백작님 덕분입니다! 감사합니다, 몰트 백작님!"

라거 검사는 몰트 백작을 향해 정중히 허리를 숙여 경의를 표했다.

몰트 백작은 여전히 안락의자에서 몸을 떼지 않은 채, 저택을 떠나는 라거 검사의 뒷모습을 만족스러운 표정으로 바라보았다.

선녀를 위한 변론

1

때는 중세, 고리아 왕국이라는 동아시아의 작은 반도 국가에 어처구니없는 관념의 격변이 일어났다. 우주의 원리에 일종의 국소적인 오류가 생긴 것인데, 하필이면 사법 분야에만 그 영향이 미쳤다. 왜 이런 변화가 일어났는지 아무도 이유를 몰랐고 딱히 알고 싶어 하는 사람도 없었다. 어쨌거나 원인을 알 수 없는 시간의 균열로 인해, 서양과 마찬가지로 중세 동양의 한 왕국에서도 사법 분야에 혁명이 일어났다. 그리하여 중세 고리아 왕국에 별안간 근대적인 사법 제도가 들어선 동시에, 과학수사 기법까지 발달했다. 과학기술 역시 모종의 이유로 급진적 발전을 이루었고, 특히나 법과학과 법의학 분야의 두드러진 발전으로 인하여 지문 감식, 유전자분석, 미세 증거 분석, 사체 검시와 부검 기법이 범죄 수사에 활용됐다.

이렇게 갑자기 들어선 사법 시스템과 과학수사의 첫 시험대에 오른 사건이 바로 '나무꾼 살인 사건'이었다.

피해자 이쇠돌의 직업 때문에 '나무꾼 살인 사건'이라고 이름 붙은 이 사건은 그해 5월 30일에 일어났다. 이쇠돌은 그날 식구들과 점심을 먹고 오후 2시경부터 뒷마당에서 통나무를 쪼개 장작으로 만드는 작업을 하고 있었다. 통나무는 오전에 이쇠돌이 산에서 베어 온 것이었다.

오후 4시경 산보하러 방 밖으로 나온 이쇠돌의 친모 '임볼들'이 이쇠돌의 시신을 발견했다. 이쇠돌은 장작을 패던 자리에서 한 걸음 뒤에 앉은 채 상체를 앞으로 숙인 자세로 죽어 있었다. 뒷머리에 난 깊은 상처에서 다량의 피가 흘러나와 주변에 흩뿌려져 있었고, 피 묻은 돌절구가 그 옆을 굴러다녔다. 담배쌈지와 부싯돌이 시신의 무릎에 흩어져 있는 걸로 보아, 장작을 패다가 잠시 쉴 요량으로 앉아서 담배를 말던 중 변을 당한 것 같았다. 범인은 뒤에서 몰래 다가가 무방비 상태인 이쇠돌의 머리를 돌절구로 수차례 내리쳐 죽인 것으로 추정됐다.

신고를 받고 출동한 경찰은 다음 날 이쇠돌의 아내인 '선녀'를 살인 혐의로 체포했다. 경찰은 평소 남편에 대한 불만이 누적돼 있던 선녀가 그날 집 안에서 벌어진 일로 인해 순간적으로 격분하여 남편을 살해했다고 발표했다. 이후 이 사건은 선녀가 천상에서 내려온 진짜 선녀라는 사실과 이쇠돌이 선녀를 납치하여 강제로 아내로 삼았다는 사실이 드러나며 왕국 전체의 관심을 받는 사건으로 급부상했다.

사건 이후 이어진 언론 보도에 따르면, 피해자 이쇠돌은 산중에서 홀어머니 임붙들을 부양하고 살면서 나무를 베어 팔아 생계를 이어오던 사람으로, 40세가 넘도록 결혼을 하지 못한 자신의 처지를 비관하던 중, 우연히 선녀와 관련된 비밀을 알게 됐다. 보름달이 뜨는 밤이면 산중 깊은 계곡에서 선녀들이 바위에 날개옷을 벗어두고 목욕을 하는데, 날개옷이 없으면 선녀는 다시 하늘로 올라갈 수 없고, 선녀가 사람의 아이 셋을 낳으면 영원히 인간 세계에 머물게 된다는 사실이었다. 이쇠돌은 선녀 한 명의 옷을 절취하여 하늘로 올라가지 못하게 한 뒤 그 선녀를 결혼 목적으로 유인하기로 마음먹었다. 그리고 보름날 밤에 선녀들이 목욕하고 있는 계곡에 접근하여 계획을 실행했다. 이쇠돌은 날개옷을 빼앗긴 선녀에게 사람의 옷을 입혀 집으로 데려왔다. 선녀에겐 별도의 이름을 지어주지 않고 그냥 '선녀'라고 부르기로 했다. 이쇠돌은 선녀에게 부부 생활을 강요하고 홀어머니를 부양하도록 했으며 가사 노동을 시켰다. 인간 세계에는 아무런 인맥도 자원도 없었던 선녀는 이쇠돌이 강요하는 삶 이외 다른 삶이 있다는 것을 전혀 알지 못한 상태로 이쇠돌의 아내로 살며 아들 이일남과 딸 이이녀를 낳았다.

"이쇠돌은 저를 자기 집에 데려다 놓고 사랑한다고 말했어요. 저는 사랑한다는 말을 듣는 대가로 그런 일들을 해야 하는가 보다 생각했어요."

훗날 선녀는 이쇠돌의 아내가 되었을 때의 심정에 대해 이렇게 말했다.

선녀가 살인죄로 기소되자 여성단체는 잇따라 성명을 내고 시위를 벌였다. 피해자 이쇠돌의 절도, 약취유인, 강간, 협박 등 수년간 이어진 범죄행위로 인해 선녀의 인권이 유린되어왔다는 점을 참작해야 한다는 주장이었다. 여권운동가들은 선녀가 이쇠돌을 죽였다 하더라도 그건 정당방위라며 선녀에게 무죄를 선고해야 한다고 주장했다.

여권 신장과 사법 정의 구현의 목소리가 고리아 왕국을 뒤덮었다.

2

피해자 이쇠돌을 살해하는 데 흉기로 쓰인 돌절구는 이쇠돌의 집 부엌에 있던 것으로 선녀가 음식을 할 때 사용하던 것이었다. 돌절구는 피에 흠뻑 젖어 있는 데다가 지문을 채취하기 어려운 재질이어서 유의미한 지문은 검출되지 않았다.

이쇠돌의 집은 산 깊은 곳에 있었고 지근거리에 이웃이라고는 화전민 가구 하나뿐이었다. 외부인이 지나다니는 일은 거의 없었으며, 누구라도 지나간다면 그들 눈에 띄지 않고 넘어가기는 어려웠다. 현장에 출동한 경찰은 이쇠돌 가족과 이웃의 당일 행적을 조사했다.

선녀는 말했다.

"오전에는 텃밭을 가꾸다가 12시경 점심을 지어 가족들과 먹었는데 그즈음 남편도 나무를 하고 내려와 같이 먹었어요. 식사 후 아이들을 이웃집에 놀러 보낸 다음 2시경부터 시어머니의 비명이 들려온 4시경까지 방에서 베틀로 옷감을 짰지요. 그 사이 저는 방에서 한 번도 나가지 않았어요."

임붙들도 점심을 먹고 계속 자기 방에 있었다고 주장했다.

"옆방에서 며느리가 내는 베틀 소리를 듣다가 깜빡 잠이 들었지 뭐유. 얼마나 잤느냐구유? 모르쥬. 아무튼 깨서 산보나 다녀올까 하는 생각으로 나왔다가 그만…… 아범이 그렇게 된 걸 봤쥬. 아이고. 내 팔자야. 아이고……."

경찰은 흐느껴 우는 임붙들을 달래가며 잠에서 깼을 때도 옆방에서 베틀 소리가 나고 있었는지 물었다.

"글쎄. 그런 것 같기도 하고 아닌 것 같기도 하고. 잘 모르겠어유……."

임붙들은 망설이다가 애매하게 답했다.

한편 이쇠돌 일가 이웃집에 사는 '조박색'은 2시경 이웃집 애들인 이일남과 이이녀가 왔기에 자신의 자녀 김개똥, 김사월과 함께 놀라고 한 뒤, 아이들이 마당과 밖을 오가며 노는 것을 가끔씩 확인하면서 평상에서 나물을 다듬는 등의 일을 했다고 말했다. 조박색의 남편 '김삼둥'은 오후 내내 집에서 1리가량 떨어진 화전을 일구느라 이웃집에서 일어난 일에 대해서는 아무것도 본 것이나 들은 게 없다고 진술했다. 산 아래에 사는 농부가 가지 모종을 줬는데 이미 심을 시기가 지나 그날 안으로 다 심어야만 했기에 눈코 뜰 새 없이 바빴다는 것이다.

그런데 그날 수상한 사람을 보지 못했느냐는 경찰의 질문에 조박색이 찜찜한 기색을 보였다. 노련한 형사가 그 점을 놓치지 않고 추궁했고 조박색은 당황해하며 말했다.

"수상한 사람은 아니고 방물장수 할멈이 왔다 갔어요. 점심

설거지를 막 끝냈을 때 왔더라고요. 잠시 할멈과 세상 돌아가는 얘기를 나누다 참빗을 하나 샀죠. 할멈은 2시쯤 떠났는데 아마 선녀 집으로 갔을 거예요. 할멈이 막 떠나려고 하는 참에 선녀네 아이들이 놀러 왔어요."

방물장수, 후에 이름이 '최간난'이라고 밝혀지는 이 할멈이 중요 참고인으로 부상했다. 방물장수는 떠돌아다니며 여성 고객을 대상으로 얼굴에 바르는 분이나 바늘쌈지, 노리개, 패물 등을 파는 행상인데, 6개월에 한 번씩 이 산골을 방문했다. 조박색의 집에 들렀다면 바로 옆에 있는 선녀의 집에 가지 않았을 리가 없다. 그러나 선녀도 선녀의 시어머니인 임붙들도 그날 방물장수를 만난 적이 없다고 말했다. 수상한 상황이었다.

이쇠돌은 오후 3시에서 4시 사이에 살해당한 것으로 추정됐다. 사건 전날, 이쇠돌은 그동안 패어놓은 장작을 수레에 싣고 산을 내려가 장터에서 모두 팔았다. 그러니까 사건 당일 오전에 베어 온 통나무 말고 다른 나무는 집에 없었다는 뜻이다. 죽기 전까지 패어놓은 장작이 모두 그날 오후 2시부터 작업한 것인데, 그 양을 따져볼 때 최소 한 시간은 장작을 팬 것으로 보였다. 이쇠돌은 적어도 3시경까지는 살아 있던 것이다. 방물장수가 그 시간대에 인근에 머물며 무언가를 보거나 들은 게 있는지 알아내는 것이 급선무로 떠올랐다. 경찰은 방물장수의 행방 추적에 나섰다.

그날 저녁, 선녀의 날개옷이 발견되면서 수사는 큰 전환을 맞았다. 선녀의 집에서 반 리 정도 떨어진 숲속에 넓고 평평한 바위가 있었다. 바위 옆에 구덩이를 파낸 흔적과 함께 날개옷이 갈기갈기 찢겨 흩어져 있는 것이 주변을 수색하던 경찰의 눈에 띈 것이다. 선녀는 경찰이 들고 온 찢어진 날개옷을 보고 주저앉아 오열했다.

"아버지! 어머니! 이제 나는 영원히 천상으로 갈 수 없게 되었소!"

울부짖으며 죽은 이쇠돌을 원망하는 말을 늘어놓는 선녀의 모습에 현장은 잠시 숙연해졌다. 경찰은 이들 부부 사이에 복잡하고 흉흉한 사연이 깔려 있다는 낌새를 챘다.

선녀의 출신과 이쇠돌의 강제 결혼은 이웃 사람도 익히 아는 사실이었다. 이쇠돌이 평소 옆집에 사는 김삼둥에게 선녀와 결혼한 걸 무던히도 자랑했기 때문이다.

"이쇠돌이 술만 취하면 제 남편에게, 너는 이름처럼 천하에 박색인 여자와 하는 수 없이 살지만 나는 천상에서 내려온 어여쁜 선녀를 매일 밤 끌어안고 꿀같이 잔다고 놀려댔어요. 한번은 화가 난 남편이 드잡이를 해서 내가 말린 적도 있다니까요."

선녀의 통곡이 이어지는 가운데 조박색은 쌓이고 쌓인 감정의 끈을 놓아버린 듯 말했다. 조박색의 푸넘을 시작으로 관련자들이 하나둘씩 입을 열었다. 김삼둥, 조박색, 임붙들, 그리고 선녀가 꺼내놓은 얘기를 종합하면 사건이 발생하기 전 상황은 다음과 같았다.

선녀는 자신을 납치하여 강제로 아내로 삼은 이쇠돌을 증오하게 되었고 둘 사이 불화는 커져갔다. 그간 이쇠돌이 날개옷을 돌려달라는 선녀의 요구에 아이 하나만 낳아주면 날개옷을 돌려주겠다, 아니 하나만 더 낳으면 그때는 정말로 돌려주겠다면서 임시방편으로 선녀를 달래가며 번번이 약속을 어겼기 때문이다. 선녀는 갈수록 절박하고 그악스러워졌다.

작년 12월, 선녀는 더 이상 참을 수 없다며 난동을 부렸다. 선녀는 방 안에서 삼끈을 목에 감고 산이 떠나가라 외쳤다.

"이제 더는 못 믿어! 지금 당장 날개옷을 돌려주지 않으면 이 자리에서 죽어버릴 거야! 돌려줘! 돌려달라고!"

선녀는 말리는 이쇠돌을 앞에 두고 미친 듯 날뛰었다. 아무리 말려도 선녀의 기세가 수그러들지 않자 이쇠돌이 쩔쩔매던 참에 마침 방물장수가 집에 들렀다. 이쇠돌은 급히 꾀를 내어 말했다.

"아이고, 부인. 진정하시오. 그럼 이렇게 합시다. 반년 후에는 내 틀림없이 날개옷을 돌려주겠소. 보시오. 저기 반년에 한 번씩 들르는 방물장수가 왔소. 내가 방물장수에게 당신 날개옷을 건네고 이 산 어딘가에 잘 숨겨놓으라고 하리다. 나도 모르는 곳에 숨겨놓도록 조치할 터이니 다음에 방물장수가 오면 숨긴 곳을 가르쳐달라고 하시오. 그러면 되지 않겠소?"

부부와는 아무런 이해관계가 없는 제삼자에게 날개옷의 소재를 맡기면 되지 않겠느냐는 제안이었다. 선녀는 다소 흥분을 가라앉히고 따져 물었다.

"당신이 방물장수한테 진짜 내 날개옷을 넘겨줄지 엉뚱한 옷을 내 날개옷이라고 하면서 넘겨줄지 내가 어떻게 믿어요? 또 방물장수가 날개옷을 숨긴 곳을 당신에게 슬쩍 말해줄지 어떨지 내가 어떻게 아냐고요! 방물장수와 짜고 또 나를 속이려는 것 아니냐고요!"

이쇠돌은 방물장수를 방에 불러다 앉혔다. 어리둥절해하는 방물장수에게 이쇠돌은 품에 숨겨둔 쪽지를 건넸다.

"할멈, 이 쪽지에 표시된 곳을 찾아 파보면 날개옷이 있을 것이오. 우리 둘이 여기 앉아 있을 동안 날개옷을 찾아 이 산 어디엔가 묻어놓고 오시오. 그리고 할멈이 묻은 날개옷이 어디에 어떤 문양이 있고 형태가 어떠한지 아내에게 소상히 말해주시오."

이쇠돌은 말하며 선녀의 눈치를 보았다. 방물장수의 묘사를 들으면 그게 본인의 날개옷이라는 걸 선녀도 믿을 수 있지 않겠느냐는 의미였다. 선녀는 알아듣고 고개를 끄덕였다. 이쇠돌이 말을 이었다.

"그 뒤엔 내가 할멈에게 수고비로 베 한 필을 줄 터이니 바로 이곳을 떠나 반년 후 오시오. 그때 아내에게 할멈이 어디에 날개옷을 묻었는지를 가르쳐주시오. 그럼 그때 또 베 한 필을 주겠소. 꼭 오시오."

선녀로서는 믿을 만한 제안이었다. 방물장수와 이쇠돌이 사전에 이 계획을 모의했을 가능성은 없었다. 그날 선녀가 죽겠다고 난리를 칠 거라는 걸, 마침 그때 방물장수가 집에 들를 거라는 걸 예상할 수는 없는 노릇이었다. 뜻밖의 횡재를 만난 방물장수는 신이 나서 쪽지를 들고 나가 한참 후 돌아왔고, 선녀에게 날개옷의 생김새를 설명했으며 베 한 필을 받고 산골을 떠났다. 고리아 왕국에서는 베가 화폐로 사용됐는데, 베 한 필이면 방물장수가 거의 반년 동안 부지런히 발품을 팔아야 손에 넣을 수 있는 물건이었다.

선녀는 이날 일을 조박색에게 상세히 얘기했다. 그리고 만약 6개월 후 남편이 다른 꾀를 내어 날개옷을 돌려주지 않는다면 그때는 남편을 죽여버릴 거라고 별렀다. 선녀가 어찌나 그 말을 떠벌렸는지 조박색의 남편 김삼등도 선녀의 시어머니 임붙들도 그러한 사정을 다 알게 되었다. 김삼둥은 이쇠돌에게 그럼 6개월 후에는 정말 선녀를 하늘로 올라가게 해줄 거냐고 물었다. 이쇠돌은 코웃음을 치며 결코 일이 그렇게 되도록 놔두지는 않을 거라고 말했다.

시간이 흘러갔다. 해가 지나고 봄이 오고 방물장수가 올 날이 가까워졌다. 김삼둥은 장날에 선녀가 대장간에서 날이 시퍼런 고기 써는 칼을 사는 것을 우연히 보았다. 칼을 고르는 선녀의 눈빛이 심상치 않았다. 귀기가 바짝 서려 있는 것이 옆에서 보기에도 소름이 끼쳤다. 김삼둥은 이쇠돌에게 선녀가 칼을 사는 걸 봤다고 일러주며 말했다.

"이번에도 날개옷을 돌려주지 않으면 선녀가 그 칼로 널 위협하려고 하는 것이여. 눈빛이 예사롭지 않았다니까는. 네가 무슨 생각이 있는지는 모르겠지만 조심해야 쓰겄어."

이쇠돌은 짐짓 아무렇지 않은 척하면서 부엌일에 쓰려고 칼을 산 것일 텐데 괜히 쓸데없는 걱정을 한다고 김삼둥을 타박했다. 그러나 말만 그렇게 했지 속으로는 매우 신경이 쓰이는 눈치였다.

사건이 발생한 날 늦은 저녁, 선녀가 짠 베 옷감에서 결정적인 증거가 나왔다. 공교롭게도 그 증거는 선녀 스스로 제공했다.

선녀는 자꾸만 자신에게 의심이 쏠리는 것을 억울해하며 호소했다.

"저는 2시부터 4시까지 한 번도 방에서 나오지 않고 옷감을 짰어요. 전 한 시간에 베를 두 마 짤 수 있거든요. 보세요. 이게 다 오늘 짠 거라니까요."

선녀는 베틀의 말코에 감긴 옷감을 네 마가량 풀어 경찰에게 보여주었다. 그 옷감에 언뜻 봐서는 놓치기 쉬운 흐릿한 핏자국이 묻어 있었다. 경찰이 그것을 보고 연유를 추궁하자 선녀는 왜 옷감에 피가 묻어 있는 건지 모르겠다고 말하며 당황해했다.

감식 결과, 옷감에 묻은 피는 이쇠돌의 피로 밝혀졌다. 경찰은 이쇠돌을 살해한 혐의로 선녀를 체포했다. 이제 방물장수를 찾아 진술을 들으면 범죄를 완벽히 재구성할 수 있으리라고 경찰은 기대했다.

그러나 방물장수는 그즈음 영원히 아무 말도 할 수 없게 되었다. 방물장수의 집을 수소문해 찾아간 경찰은, 방물장수가 최근 행상을 마치고 집에 돌아왔을 때부터 심한 감기에 걸려 있었는데 며칠 앓다가 그만 세상을 떠났다는 말을 들었다.

중요 참고인이 죽어버렸다니 수사기관으로서는 꽤 곤란한 상황이었으나 검찰은 다른 여러 정황과 증거를 바탕으로 선녀

를 살인죄로 기소했다. 선녀는 끝까지 혐의를 부인했다. 그러
나 1심 법원은 재판을 진행한 끝에 다음과 같은 이유로 선녀
에게 징역 15년을 선고했다.

　피고인은 공소 외 조박색에게 "이번에도 피해자가 날개옷을
돌려주지 않는다면 피해자를 죽여버리겠다"라고 수차례 말했
고 실제로 그런 상황이 발생하면 사용할 목적으로 이 사건 발
생 8일 전에는 장터에서 고기 써는 칼을 구입하는 등 범행의
방법과 도구를 고심하며 준비해오던 중, 사건 당일 2시경부터
베를 짜다 말고 방에서 나와 주변을 돌아본바 바위 근처에 구
덩이를 판 흔적과 함께 피고인의 날개옷이 찢겨 있는 것을 발
견했다. 이에 피고인은 뒷마당에서 장작을 패던 피해자 이쇠돌
이 방물장수 최간난이 다가오는 것을 보고 집 앞에서 최간난
을 빼돌려 날개옷을 숨긴 곳을 캐물어 알아낸 다음 천상에 올
라가고자 하는 피고인의 마음을 단념시키려는 목적으로 날개
옷을 찢어 보란 듯이 그 자리에 흩어놓았을 것이라 짐작하고
는, 천상에 가려는 소망이 완전히 좌절된 것에 대한 분노와 함
께 그동안 쌓인 원한의 감정이 밀려오는 것을 참지 못하고 피
해자를 살해하기로 마음먹고, 오후 3시경 부엌에서 돌절구를
가져다가 손에 들고 뒷마당으로 갔으며, 마침 바닥에 앉아서

담배를 말고 있는 피해자의 뒤로 다가가 돌절구로 수차례 피해자의 후두부를 내리쳐 살해하였다.

선녀는 즉각 항소했다.

이때 1심 판결이 여러모로 잘못됐다고 주장하며 항소심에서부터 선녀를 변호하겠다고 적극적으로 나선 사람이 있었다. 대대로 고위 관직을 지내온 명문가 출신의 재원이자 여권운동가인 심순애 변호사였다. 고리아 왕국은 여성의 사회 활동이 활발한 편이었고 귀족 계급에 한해서는 여성도 고등교육의 기회를 보장받았다. 심순애 변호사는 어릴 적부터 남자 동급생들을 제치고 늘 1등을 차지하던 수재였으며 중세 여권운동의 선봉에 있었다.

심순애 변호사는 선녀에 대한 유죄 판결을 규탄하는 기자회견을 열었다.

"1심 법원은 이미 죽어서 말을 할 수 없는 두 인물의 행동을 상상으로 엮어 선녀의 혐의를 구성했습니다. 법원은 이쇠돌이 선녀의 날개옷을 찢은 거라고 사실인정을 했는데, 도대체 그 근거는 무엇입니까?"

선녀가 찢어진 날개옷을 보고 눈이 뒤집혀 이쇠돌을 죽였을 거라는 살인의 동기도 심순애 변호사는 근거 없는 짐작에 불과하다고 지적했다.

"선녀는 이쇠돌 사망 후 현장 주변을 수색하던 경찰이 찢어진 날개옷을 찾아 보여줬을 때에야 비로소 날개옷이 그렇게 된 것을 알았다고 진술했습니다. 선녀가 찢어진 날개옷을 발견하고 격분하여 이쇠돌을 죽였을 거라고 보는 이유는 무엇입니까? 증거는 있습니까?"

뒤이어 심순애 변호사는 1심 판결의 허점을 차례로 짚었다.

"첫째, 선녀가 진정 이쇠돌을 죽이려고 했다면 선녀는 왜 장터에서 산 칼을 사용하지 않은 걸까요?"

만약 선녀가 다가가는 것을 이쇠돌이 알아채고 뒤를 돌아보았다면 돌절구는 그렇게 치명적인 무기가 될 수 없었을 것이다. 선녀는 왜 칼이라는 살인 도구를 준비해놓고도 쓰지 않은 것일까?

"둘째, 날개옷을 찢어 방치해둔 사람이 이쇠돌이 맞다고 칩시다. 이쇠돌은 왜 그런 행동을 한 겁니까?"

이쇠돌은 날개옷을 향한 선녀의 집착과 선녀가 품은 원한의 감정을 잘 알았다. 선녀가 고기 써는 칼을 사두었다는 것도 김삼둥이 귀띔해주어 알고 있었다. 약속한 대로 날개옷을 돌려주지 않는다면 선녀가 극단적인 행동을 취할 수도 있다는 염려를 했을 것이다. 그런데 굳이 그런 방식으로 찢어진 날개옷을 전시하여 선녀를 자극해야만 했는지 심순애 변호사는 도무지 이해가 가지 않는다고 말했다.

"셋째, 날개옷을 찢을 때 사용한 가위는 누구의 가위입니까?"

날개옷의 찢긴 형태를 보면 가위로 자른 부분과 손으로 찢은 부분이 섞여 있었다. 이음매가 있는 부분은 가위로 잘라낸 다음 손으로 북북 찢어낸 모양새였다. 수사 당시 경찰은 선녀의 집과 이웃인 김삼둥의 집에 있는 가위까지 모두 압수하여 정밀 감식했지만 날개옷과 일치하는 섬유 조각을 발견하지 못했다. 날개옷을 자른 사람이 이쇠돌이 맞다면 집에 날개옷을 자르는 데 사용한 가위가 있어야 했다. 이쇠돌이 가위를 숨기거나 가위에 남은 미세한 섬유 조각까지 다 제거해야 할 이유가 있을까?

"마지막으로, 1심 법원은 선녀가 이쇠돌을 죽이고 돌아와 계속 베를 짰고, 이쇠돌을 죽일 때 선녀의 몸에 튀었던 피가 작업 중이던 옷감에 떨어졌다고 봤습니다. 그렇다면 그날 선녀의 옷이나 신체 어딘가에 이쇠돌의 피가 묻어 있어야 맞지 않습니까?"

수사 기록 어디에도 그에 대한 언급이 없다며 심순애 변호사는 열변을 토했다. 그날 선녀가 옷을 갈아입었는지 여부를 조사한 기록도, 피 묻은 옷을 찾으려 노력한 흔적도 보이지 않는다며 이렇게 부실한 수사가 어디 있느냐고 주장했다.

"선녀에겐 정당방위 주장도 필요 없습니다. 선녀는 이쇠돌을 죽이지 않았습니다!"

심순애 변호사는 취재진 앞에서 항소장을 손에 들고 흔들었다. 항소심을 통해 선녀의 무죄를 밝히고 진실과 정의를 되찾겠다는 젊은 변호사의 선언은 왕국 곳곳에 닿아 들불처럼 번지며 관심을 불러일으켰다.

선녀는 무죄일까 아닐까. 내기를 거는 사람도 생겨났다.

3

고리아 왕국 역사에 길이길이 남을 나무꾼 살인 사건 항소심 재판이 시작됐다. 피고인 측 변호사는 왕국이 자랑하는 재원인 심순애였고, 이에 대항하는 검사는 사법계가 주목하는 평민 집안 출신의 검사 이수일이었다. 이 둘은 학교에서 1, 2등을 다투던 사이였는데 둘 사이 살짝 염문이 있었다는 소문이 떠돌았다. 대중은 매력적인 라이벌의 대결에 환호하며 법정으로 모여들었다.

첫 공판 기일, 방청석을 가득 메운 방청인들은 개정 전 법정으로 들어오는 커다란 물건을 보고 눈이 휘둥그레졌다. 커다란 베틀이 장정 세 명의 손에 들려 법정 한가운데로 옮겨지고 있었다. 베틀에는 실이 길게 걸려 있었고 짜다 만 옷감도 놓여 있었다.

판사들이 입장했다. 재판장이 사건 번호를 호명하고 형식적인 진행 발언을 할 때도 방청인들의 시선은 베틀을 향했다. 심순애 변호사 옆에 앉아 자신의 운명을 가를 재판을 지켜보는 선녀보다도 베틀이 더 사람들의 시선을 잡아끄는 듯했다.

심순애 변호사부터 항소 이유에 대한 변론을 시작했다.

"존경하는 재판장님! 1심 법원이 피고인의 유죄를 입증하는 가장 결정적인 증거로 사용한 것은 무엇입니까? 바로 베 옷감에 묻은 핏자국입니다. 저는 지금 이 자리에서 그 증거의 가치를 깨뜨려 보이겠습니다!"

심순애 변호사는 증거품인 옷감을 찍은 사진을 손에 들었다.

"이쇠돌의 피는 옷감의 끝부분에서 두 마에다가 한 척을 더 한 길이만큼 안쪽에 묻어 있었습니다. 피고인은 평소 한 시간에 베를 최대 두 마 짤 수 있습니다. 이건 거의 왕국 최고의 실력입니다. 선녀도 지상에 내려온 이상 능력치는 사람과 같으므로 그 이상을 기대하는 건 무리입니다."

한 시간에 베를 두 마나 짤 수 있다니, 그것만 해도 정말 대단한 능력이라고 방청인들은 수군거렸다.

"이것은 옷감에 피가 떨어져 묻은 이후 피고인이 옷감을 두 마에다가 한 척을 더한 만큼 짰다는 사실을 나타냅니다. 그렇다면 피고인은 한 시간 넘게 베를 짜야 합니다. 시신이 발견되어 피고인이 작업을 중단한 시간이 4시. 그렇다면 피는 3시 이전에 옷감에 묻은 것이 됩니다. 범행이 3시에서 4시 사이에 발생했다는 사실과 배치됩니다!"

방청인들이 웅성거렸다. 검사석에 앉은 이수일 검사는 별거 아니라는 듯 비웃음을 띠고 종이에 무언가를 썼다. 대응할 논리가 있는 모양이었다.

"물론 검사는 이렇게 말씀하시겠지요. 피고인이 범행을 마치고 돌아와 이미 짜놓은 옷감 안쪽에 피를 떨어뜨린 거 아니겠냐? 핏자국 바깥에 있는 옷감이 모두 피가 묻은 이후에 짠 거라고 단정할 수 있는가?"

이수일 검사가 메모하던 손을 멈추고 심순애 변호사를 올려다보았다.

심순애 변호사는 베틀에 다가가 섰다.

"그런 반론에 대응하기 위해서는 우선 베틀의 구조와 옷감을 짜는 과정에 대한 설명이 필요합니다. 그래서 실제 베틀을 이렇게 법정에 가지고 나왔습니다."

심순애 변호사는 베틀 끝에 삼끈이 두툼하게 감긴 부분을 손가락으로 가리켰다.

"베를 짜기 위해서는 우선 물레로 뽑은 삼끈을 여기 도투마리에 감아야 합니다. 그리고 도투마리의 실을 풀어 이렇게 베틀에 길게 걸어두지요. 이것이 세로줄인 날실이 됩니다. 자, 제가 직접 앉아 베를 짜는 과정을 시연해보겠습니다."

심순애 변호사가 베틀에 앉아 한쪽 발에 베틀신을 끼우고 말코를 허리에 둘렀다. 베틀로 베 짜는 거야 웬만한 여자들이라면 다 집에서 하는 일인데도 방청인들은 신기한 광경을 보듯 심순애 변호사의 행동을 지켜보았다.

"제가 손에 든 북에 연결된 실이 바로 옷감의 가로줄인 씨실입니다."

심순애 변호사는 베틀신을 신은 발을 당겨 용두머리를 조였다. 베틀 중앙에 있는 잉아가 들리면서 세로줄인 날실이 윗날과 아랫날로 나뉘었다. 심순애 변호사는 북을 윗날과 아랫날 사이에 통과시킨 다음 바디를 몸 방향으로 잡아당겨 촘촘하게 조였다. 다시 베틀신을 당기자 잉아가 들리면서 윗날과 아랫날이 바뀌었다. 심순애 변호사는 바뀐 윗날과 아랫날 사이에 다시 북을 통과시키고 바디로 조이는 과정을 몇 번 반복

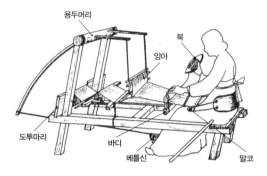

용두머리

북

잉아

도투마리

바디

베틀신

말코

© 박호석《한국의 농기구》, 어문각, 2001)

했다.

"이렇게 직조된 옷감은 말코에 바로바로 말아가면서 작업을 하게 됩니다."

심순애 변호사는 말코를 돌려 배 부근에 늘어져 있던 옷감을 감아 팽팽하게 만들었다.

"바로 말지 않으면 옷감이 늘어져 베를 짜기 어렵겠지요."

이 말을 끝으로 심순애 변호사는 배에서 말코를 치우고 베틀에서 일어났다. 이수일 검사는 심순애 변호사가 무슨 말을 하려고 하는지 눈치챈 듯했다. '제법이군' 하는 표정이 얼굴에 걸려 있었다.

"그러니까 이미 짜놓은 옷감 안쪽에 피를 떨어뜨리는 건 가능하지 않습니다. 피고인이 범행을 저지르고 몸에 피를 묻힌 채 돌아와 말코에 감겨 있던 옷감을 일부러 풀어서 피를 떨어뜨리지 않는 한 말이죠!"

이수일 검사가 손을 들었다.

"재판장님! 양해해주신다면 변호인의 이 부분 항소 이유에 대한 검찰 측 주장을 지금 답해도 되겠습니까?"

검사는 분위기가 피고인 쪽으로 쏠리기 전에 바로 반박하고 싶은 듯했다. 재판장이 허락했다. 이수일 검사는 거드름을 피우는 태도로 자리에서 일어났다.

"변호인의 주장은 흥미롭긴 하지만 피고인이 범인이 아니라는 객관적인 증거는 되지 못합니다. 재판장님! 고작 한 척의 오차가 있을 뿐입니다. 피고인이 범행을 마치고 돌아온 뒤 흥분 상태에서 평소보다 더 집중하여 신들린 듯 더 빠르게 작업을 했을 수도 있지 않습니까? 아니면 그날 피해자 이쇠돌이 평소보다 빠른 속도로 장작을 패어놓은 것일 수도 있습니다. 애초에 범행이 3시에서 4시 사이에 이루어졌다고 짐작한 게 이쇠돌이 패어놓은 장작의 양을 근거로 추정한 것이니까 말입니다."

이수일 검사는 심순애 변호사의 주장이 언뜻 그럴듯해 보이지만 고작 옷감 한 척, 장작 10여 개의 오차를 과장하는 것뿐이라고 말했다.

"재판장님. 검사는 변호인의 주장을 어떻게든 희석하려고 시도하고 있으나 더 확실한 증거가 여기 있습니다!"

심순애 변호사는 사진 하나를 높게 치켜들고 외쳤다. 옷감에 묻은 핏자국을 크게 확대한 사진이었다.

"이것은 핏자국이 발견된 즉시 현장에 있던 경찰이 촬영한 사진입니다. 피가 검은색으로 변해 말라 있는 게 보이지 않습니까? 피가 묻은 지 상당한 시간이 경과했다는 뜻입니다. 그리고 잘 보십시오. 옷감의 세로줄, 곧 날실 부분에만 피가 묻어 있는 게 보이실 겁니다!"

과연 가로세로로 엇갈려 직조된 베 옷감의 날실 부분에만 검게 마른 피가 묻어 있었다. 심순애 변호사는 다소 흥분된 목소리로 변론을 이어나갔다.

"피고인이 범행 과정에서 묻은 피를 옷감에 떨어뜨린 거라면 어떻게 정확히 날실만을 골라서 떨어뜨릴 수 있었을까요? 가능한 설명은 단 하나뿐입니다. 이 피는 이 사건이 발생하기 전 베틀에 걸어놓은 날실에 묻은 것입니다!"

선녀는 날실에 피가 묻어 있는지도 모른 채 옷감을 짠 것이라는 뜻이었다. 곧 옷감에 묻은 피는 그날 범인이 이쇠돌을 살해할 때 튄 피가 아니라고 심순애 변호사는 말했다.

"그렇다면 이 사건 이전에 왜 이쇠돌의 피가 베틀에 걸어놓은 날실에 묻게 되었을까요? 이 점은 추후 증명하도록 하겠습니다."

이것으로 심순애 변호사는 항소 이유에 대한 변론을 마쳤
다. 이수일 검사는 인상을 쓰고 목을 그르렁거렸다. 검사 입장
에서도 날실에만 피가 묻은 이유에 대해 납득할 만한 설명을
할 수 없는 듯했다.

재판장이 증거 신청을 받겠다고 했다. 심순애 변호사가 임
붙들과 김삼둥을 증인으로 신청했다. 이수일 검사는 자기도
마침 그 둘을 증인으로 신청하려 했다며 동의했다. 다음 기일
에 증인신문을 하기로 하고 첫 공판이 마무리되었다.

심순애 변호사와 이수일 검사는 서로 팽팽한 눈길을 주고
받으며 법정을 나갔다. 양측 다 저 사람에게만은 지지 않겠다
는 오기가 담긴 눈빛이었다.

4

증인신문 기일이 열렸다. 선녀의 이웃에 사는 화전민 김삼
둥이 피고인 측 첫 번째 증인으로 나왔다. 김삼둥은 햇볕에 검
게 탄 얼굴에 순박한 인상이었다. 긴장되는지 증인 선서를 하
고 앉은 뒤에도 자꾸만 커다란 몸을 들썩거렸다.

심순애 변호사는 증거품 하나를 직접 들고 법정에 나왔다. 광목천으로 둘둘 말린 고기 써는 칼이었다.

"증인, 이 칼을 본 적이 있습니까?"

심순애 변호사가 광목천을 풀자 시퍼런 칼날이 번뜩였다.

"네, 있습니다."

김삼둥이 대답했다.

"증인은 언제 어디서 이 칼을 봤습니까?"

김삼둥은 피고인석에 앉은 선녀의 얼굴을 힐끗 보았다.

"그러니까…… 이쇠돌이가 죽기 전에 장터에서…… 서, 선녀가 저 칼을 사는 걸 제가 봤습니다."

심순애 변호사는 이것이 피고인이 산 칼이 확실하냐며 증거품을 김삼둥의 눈앞에 들이밀었다. 김삼둥은 확실하다고 말했다. 또한 생전에 이쇠돌에게 선녀가 칼을 산 사실을 일러주며 조심하라고 말한 적이 있다는 사실도 증언했다. 그 말을 들은 이쇠돌은 상당히 걱정하는 눈치였다는 증언도 덧붙였다.

"참고로 이 칼은 이쇠돌의 창고에서 발견됐습니다. 연장을 두는 상자 제일 밑에 깔려 있었다는 점을 밝힙니다. 자, 그렇다면 증인! 이것은 죽은 이쇠돌의 오른손 부위를 찍은 사진인데요, 이것을 한번 봐주시겠습니까?"

김삼둥은 두려운 눈으로 사진을 받았다.

"증인, 피해자 이쇠돌의 오른손에 무엇이 보이는지 말씀해 주실 수 있습니까?"

"글쎄요······. 이거 베인 건가······."

김삼둥은 사진을 눈에 바짝 가져갔다.

"오른손 제일 기다란 손가락을 베인 것 같습니다."

"네, 시신의 오른손 중지에 베인 상처가 있다는 말씀이시군요."

심순애 변호사는 부검 감정서에 따르면, 이쇠돌이 죽기 하루나 이틀 전에 생긴 상처 같다는 소견이 있다고 전하며 질문을 계속했다.

"증인은 이쇠돌이 죽기 전 그 상처를 본 적이 있습니까?"

김삼둥은 이마를 찡그리며 고개를 갸웃거렸다.

"잘······ 모르겠습니다. 뭐 이쇠돌이나 저나 이 정도 상처는 늘 달고 사는 거라······."

"그렇습니다. 이쇠돌은 도끼와 거친 나무를 다루는 나무꾼이었으니까요. 하지만 자세히 보십시오. 이 상처는 도끼나 나무에 의해 다친 것이 아니라 날카로운 날붙이로 베인 상처입니다. 이를테면 이런 칼 말입니다."

심순애 변호사는 다시 증거품인 고기 써는 칼을 집어 들었다. 이어서 변호사는 증인석에서 한 발짝 물러나 법대에 앉은 판사들을 향해 외쳤다.

"재판장님! 본 변호인은 이 칼에 대해 왕립과학수사연구소에 혈흔 감정을 의뢰했습니다. 그 결과를 지금 증거로 제출하겠습니다!"

재판장이 얼굴을 찌푸렸다.

"변호인, 증인신문 중에 증거를 제출하는 이유가 뭡니까?"

"감정 결과, 이 칼에서 이쇠돌의 피가 검출되었다는 사실과 그 의미를 설명드리고 싶어서입니다."

방청인들이 동요했다.

재판장도 흥미를 느꼈는지 눈짓으로 변론을 허락했다.

"피고인은 칼을 산 뒤 광목천에 둘둘 싸서 안방 문갑 서랍에 넣어두었습니다. 문갑에는 피고인의 물건만을 넣어두었기에 이쇠돌이 손을 댈 염려가 없었기 때문입니다. 그 무렵 이쇠돌은 증인으로부터 피고인이 칼을 사는 걸 봤다는 말을 듣고 몹시 신경이 쓰인 나머지 피고인이 없을 때 방에 들어와 이 칼을 찾은 것입니다. 문갑에서 칼을 발견한 이쇠돌은 광목천을 풀고 칼날을 만져보았던 것으로 추정됩니다. 그러다 오른손 중지를 베였고, 이쇠돌은 자기도 모르게 다친 손을 탈탈 털었습니다. 그때 피 한 방울이 베틀 쪽으로 튀어 베틀에 걸어놓은 날실에 떨어졌던 것으로 보입니다. 그 뒤 이쇠돌은 칼을 창고로 가져가 연장 상자 밑에 숨겼습니다!"

곳곳에서 감탄이 터졌다.

어떻게 해서 옷감의 날실 부분에만 이쇠돌의 피가 묻은 것인지 논증이 들어맞는 순간이었다.

분위기는 단박에 피고인 쪽에 유리하게 흘러갔다. 이수일 검사가 반대신문을 위해 나왔다. 예의 자신감 넘치는 태도에 변화는 없었다.

"증인."

이수일 검사는 피고인석을 가리켰다.

"증인은 평소 피고인을 어떻게 생각하고 계셨습니까?"

김삼둥의 눈길이 선녀를 향했다. 순간 김삼둥의 얼굴이 붉어지는 걸 법정에 있는 모두가 보았다.

"이의 있습니다! 사건과 관계없는 증인의 개인적인 의견을 묻는 질문입니다!"

심순애 변호사가 손을 번쩍 들고 항의했다.

"재판장님! 증인이 평소 피고인에 대해 어떤 마음을 품고 있었는지는 이 사건의 진실 규명과 관련이 있습니다. 곧 증명해 보이겠습니다."

이수일 검사는 피고인석 쪽은 돌아보지도 않고 시큰둥한 말투로 말했다. 재판장은 사건 관련성을 되도록 빨리 설명하라고 당부하면서 이의를 기각했다. 모두의 시선이 다시 증인 김삼둥에게 향했다.

"그냥…… 가엾다고 생각했습니다. 이쇠돌이 때문에 부모 형제랑 생이별했으니까요."

김삼둥은 말하며 고개를 푹 숙였다. 질문이 이어졌다.

"증인은 올해 초 이쇠돌과 주먹다짐하며 싸운 적이 있습니까?"

"아, 네."

"싸운 이유는 무엇이죠?"

김삼둥은 망설이더니 이수일 검사의 재촉을 받고 답했다.

"……나무꾼 놈이 자기는 천상에서 내려온 예쁜 선녀랑 사는데 너는 천하에 박색인 여자랑 산다고 놀려서 화가 나서 싸웠습니다."

이수일 검사는 흥미롭다는 듯 고개를 주억거렸다.

"증인은 이 사건 수사 과정에서 사건 당일 화전을 일구느라 아무것도 본 것도 들은 것도 없다고 진술했지요?"

"그렇습니다."

"그날 구체적으로 무슨 작업을 했습니까?"

"가지를 심었습니다. 가지 모종을요. 이미 가지를 심기에는 늦은 시기라 서둘러야 했습니다."

김삼둥은 몇 년 전부터 가지를 키우고 싶은 마음이 들어 산 아래에 사는 농부에게 특별히 부탁해 가지 모종을 얻어 왔다고 덧붙였다.

"그렇군요. 가지 수확은 재미를 좀 보셨습니까?"

"네, 처음인데도 잘 자라주어서 장터에 내놔 좋은 값에 팔았습니다."

김삼둥의 얼굴에 기쁜 기색이 돌았다. 6월 초 내린 폭우로 이 지역 채소 작황이 좋지 않은 실정이었다. 그래서 가지가 비싼 값에 팔린 모양이었다.

"참 기쁘시겠습니다. 제가 듣기로는 증인에게 가지 모종을 나눠 준 농부를 비롯해서 산 아래 농부들은 가지 재배에 완전히 실패했다던데 말입니다. 비 때문에 모종이 다 쓸려 내려갔다고 하던데요."

김삼둥의 입꼬리가 스르르 내려왔다.

"바로 이 사건 이틀 후에 내린 비 때문에 말이지요."

법정에 있는 사람들 모두 고개를 빼고 김삼둥을 바라보았다.

김삼둥의 얼굴이 파랗게 질렸다.

"증인!"

이수일 검사는 꾸짖는 듯한 단호한 목소리로 외쳤다. 김삼둥은 시선을 어디에 두어야 할지 몰라 허둥거렸다.

"본 검사가 따로 조사한 바에 따르면, 증인의 가지밭도 사건 이틀 뒤 내린 비로 토대가 무너졌습니다. 증인은 그날 가지를 심지 않았습니다. 맞죠?"

김삼둥은 바보처럼 입을 벌린 채 고개를 가로저었다.

"증인은 화전에 올라가지 않고 집 근처에 있었습니다. 그렇죠?"

김삼둥의 표정이 크게 흔들렸다. 이수일 검사는 김삼둥이 곧 무너지리라는 직감이 왔다. 그날 김삼둥은 집 근처에서 틀림없이 무언가를 봤다. 선녀의 범행 장면이나 아니면 선녀의 범행을 뒷받침할 수 있는 무언가를 보고 들었을 거라고 이수일 검사는 확신했다.

"그날 증인은 집 근처에서 뭔가를 봤지요? 하지만 피고인을 불쌍히 여기는 마음에 말하지 않기로 하고 가지를 심었다고 거짓 진술을 한 것 아닙니까? 증인이 본 게 무엇입니까? 증인! 위증의 벌을 받고 싶지 않으면 똑바로 말하세요!"

이수일은 협박까지 섞어 김삼둥을 몰아붙였다.

무기력하게 고개를 저으며 버티던 김삼둥은 일순간 어깨를 떨구며 땅이 꺼질 듯한 한숨을 내쉬었다.

이수일 검사는 속으로 쾌재를 불렀다. 좋다, 무너졌다.

"바, 방물장수 할멈을 봤습니다……."

김삼둥이 중얼거렸다.

"방물장수요?"

이수일 검사는 속으로 '이게 아닌데'라고 생각했다.

"네. 방물장수 할멈이 우리 집을 나와 이쇠돌이의 집으로 가는 걸…… 봤습니다……."

그럼 오후 2시경이었을 것이다. 김삼둥의 아내인 조박색의 말에 따르면, 방물장수 최간난은 조박색에게 참빗을 팔고 2시경 조박색의 집을 나섰다고 했다.

이수일 검사는 그 뒤로 무슨 일이 있었는지 캐물었다. 그런데 김삼둥의 입에서는 이수일 검사가 기대했던 것과는 전혀 다른 내용의 진술이 흘러나왔다.

김삼둥은 방물장수를 쫓아가 선녀의 날개옷을 어디에 숨겼느냐고 묻고 방물장수와 함께 날개옷을 찾으러 다녔다고 말했다. 방물장수는 기억이 가물가물하다고 하면서 김삼둥을 30여 분간 이곳저곳에 끌고 다녔다. 결국 날개옷은 찾지 못했고, 둘은 어느덧 선녀의 집 앞에 이르게 되었다. 이쇠돌의 모친 임붙들이 대문 밖에 나와 서성이고 있었다. 방물장수를 본 임붙들이 패물을 보여달라고 하며 같이 자기 방으로 들어가자고 말했다. 방물장수는 임붙들을 따라 방으로 쏙 들어갔다.

"그게 답니다. 진짜입니다!"

김삼둥은 울상을 지으며 말했다. 그 이후로는 진짜로 화전
으로 올라갔다는 것이었다. 심란한 마음에 일은 하는 둥 마는
둥 하고 나무 밑에 누워 시간을 보냈다고 했다.

"이웃집 일과는 아무 상관도 없는 증인이 왜 피고인의 날개
옷을 찾아다닌 겁니까?"

이수일 검사는 당황스러운 마음을 감추며 겨우 물었다. 의
도했던 것과 전혀 다른 진술이 튀어나오자 이수일 검사는 이
상황을 어떻게 해석해야 할지 갈피가 잡히지 않았다.

"그냥…… 제 손으로 날개옷을 찾아 선녀에게 주고 싶었습
니다. 그럼 선녀는 다시 천상으로 갈 수 있고…… 이쇠돌이는
더는 저를 놀려먹지 못할 테니까……."

하지만 지금 생각하니 그 고약한 할멈이 기억이 안 나는 척
연기를 한 것 같다며 김삼둥은 제 머리를 쥐어박았다. 왜 방물
장수와 날개옷을 찾아다닌 사실을 숨겼느냐는 질문에 대해서
는 이웃집 여자를 위해 발 벗고 나선 행동을 자기 아내가 알
게 되는 게 싫어서 그랬다고 했다. 증언하는 김삼둥의 얼굴은
불이 붙은 듯 빨갰다.

이수일 검사는 전의를 잃고 물러났다. 지금은 생각이 필요
했다.

5

피고인 측 두 번째 증인은 피해자 이쇠돌의 친모 임붙들이었다. 임붙들은 젊은 시절 고된 농사일로 닳고 닳아 머리가 하얗게 세고 등이 꼬부라진 노인이었다. 큰일을 당해 더욱 쇠약해진 것인지 법정 경위의 부축을 받고 겨우 걸어가 증인석에 앉았다.

"증인. 방금 김삼둥이 한 증언을 들으셨지요?"

심순애 변호사도 당황스럽기는 마찬가지였다. 심순애 변호사가 임붙들을 증인으로 신청한 이유는 따로 있었다. 임붙들은 이 사건 수사 과정에서 사건 당일 오후 2시부터 4시까지 내내 혼자 방에 있었고 중간에 낮잠을 잤다고 진술했다. 심순애 변호사는 증인신문을 통하여 임붙들이 잠들었던 시간이 그리 길지 않고 노인이라 잠귀가 얕아, 만약 그녀가 잠든 사이 옆방에서 베를 짜던 선녀가 밖으로 나갔다면 기척을 들었을 거라는 증언을 끌어낼 계획이었다. 선녀가 2시부터 4시까지 자리를 뜬 적이 없다는 사실, 즉 선녀의 알리바이를 뒷받침하려는 것이었다.

"들었슈."

임붙들은 담담한 표정으로 답했다.

"김삼둥이 말한 게 다 사실입니까?"

"맞아유. 이렇게 된 거 뭘 더 숨기겠슈. 지가 방물장수 할멈을 방으로 끌고 들어갔구먼유. 우리 며느리 날개옷을 어디다가 숨겼느냐고 물었슈. 우리 아들이 주기로 약조한 것보다 내가 베를 더 많이 줄 터이니 어서 대라구 말했슈."

"최간난이 증인에게 날개옷을 숨긴 곳을 말했습니까?"

임붙들은 고개를 저었다.

"그 능구렁이 같은 할멈이 값을 더 높여보려고 이리저리 말을 돌리더만유. 한참 시간을 끌다가 겨우 합의를 봤슈. 할멈이 날개옷을 찾아오겠다며 나보고는 방에서 기다리라고 하고는 나갔슈. 그런데 한 시간이 지나도 돌아오지 않아 궁금증이 나서 밖에 나갔다가 그만……"

임붙들은 말을 멈추고 손수건으로 눈물을 훔쳤다. 이쇠돌의 시신을 발견했던 당시가 떠오른 모양이었다.

심순애 변호사가 그럼 그날 방물장수는 다시 만나지 못한 것이고 날개옷도 보지 못한 거냐고 묻자 임붙들은 그렇다고 답했다. 질문을 하면서도 심순애 변호사의 머릿속은 부지런히 돌아갔다.

"증인은 왜 피고인의 날개옷을 찾으려고 했습니까?"

"왜겠슈? 며느리가 지 남편도 애들도 버리고 말이지, 자꾸만 하늘로 올라가겠다고, 응? 날개옷을 내놓으라고 우리 아들을 들들 볶아대니까! 그악스럽게도 괴롭혔지, 배은망덕한 것! 그 동안 베풀어준 은공도 모르고!"

임붙들이 앙칼지게 쏘아붙였다.

심순애 변호사는 잠시 질문을 멈추고 임붙들을 찬찬히 보았다. 노인의 거친 숨결에서 선녀에 대한 미움과 분노의 감정이 생생히 느껴졌다.

그때 법정 뒷문이 열리고 봉투를 손에 든 남자가 들어왔다. 검찰청의 하급 관리로 보이는 남자는 검사석으로 다가가 이수일 검사에게 봉투를 전했다. 봉투를 뜯어 본 이수일 검사의 표정이 굳었다. 이수일 검사는 증인석에 앉은 임붙들과, 증언을 마치고 방청석으로 돌아가 앉은 김삼둥을 번갈아 쏘아보며 복잡한 표정을 지었다. 심순애 변호사는 곁눈으로 그런 이수일 검사의 행동을 지켜봤다. 봉투에 담긴 소식이 뭘지 궁금했다.

"증인은 오후 2시부터 4시까지 계속 증인의 방에 있었다는 거군요. 중간에 방물장수 할멈이 머물다 갔고, 낮잠을 잔 적은 없고요. 맞습니까?"

심순애 변호사는 다시 증인신문에 집중했다.

"안 잤슈. 방물장수 할멈이 그 망할 날개옷을 찾아오기만을 기다렸구만유."

"증인은 그 두 시간 동안 계속 옆방에서 피고인이 베를 짜는 소리를 들었지요?"

임붙들이 대답을 하려다 말고 움찔했다. 자기 진술이 뜻하는 바를 알고 있는 듯했다. 보기와는 달리 그리 무식한 노인네는 아니었다.

"증인! 증인은 피고인이 오후 2시부터 4시까지 멈추지 않고 베를 짜는 소리를 들었지요?"

심순애 변호사는 다그쳤다.

"잘 모르겠슈. 기억이 안 나는구만유."

"글쎄요. 지금 그 말을 믿어도 되겠습니까? 피고인에게 유리한 증언을 하지 않으려고 또 거짓 증언을 하는 것 아닙니까?"

심순애 변호사는 이수일 검사가 이의 제기 할 것을 각오하고 발언했다. 그러나 어쩐지 조용했다. 심순애 변호사는 슬쩍 검사석을 흘겨보았다. 이수일 검사는 다른 생각에 몰두해 있는 것 같았다. 봉투에 담긴 소식이 뭔지는 몰라도 검사에게 엄청난 고민거리를 안겨준 듯했다.

"저 요망한 것이 내 아들을 죽였슈!"

임붙들이 자리에서 일어나 선녀를 가리키며 소리쳤다.

"저것이 무슨 술수를 부려 내 아들을 죽였는지, 지는 무식해서 모르겠슈! 아무튼 저것이! 저것이 내 아들을 죽였단 말이유! 생때같은 내 아들을…… 으흐흐흑……."

재판장이 임붙들에게 진정하고 자리에 앉으라고 명했다. 임붙들은 흥분을 가라앉히지 못하고 아예 목 놓아 울었다.

심순애 변호사는 한숨을 쉬며 이것으로 증인신문을 마치겠다고 말했다. 재판장이 휴정을 선언했다.

6

30분간의 휴식을 마치고 재판이 재개되었다. 임붙들은 다시 증인석에 앉았다. 실컷 울었는지 부은 눈에 초췌해진 얼굴로 앉아 검사의 반대신문을 기다렸다.

증인석 앞으로 걸어 나오는 이수일 검사의 표정을 보고 심순애 변호사는 깜짝 놀랐다. 괴로움을 곱씹는 듯한, 고통과 고뇌가 드리워진 표정이었다. 그러나 한편으로는 무엇인가 결정을 내린 듯 단호함이 엿보였다.

"증인. 증인은 피고인이 증인의 아들을 살해했다고 생각합니까?"

"그래유. 저것이 내 아들을 죽였슈."

임붙들은 주저 없이 답했다.

"왜죠?"

"말했잖아유. 미워서 죽였겠쥬. 친정에 안 보내준다고 미워
서유."

임붙들은 피고인석에 앉은 선녀를 잡아먹을 듯 노려보았다.
선녀는 시어머니를 대면하는 게 힘에 겨운 듯 눈길을 피했다.

"왜 하필 그날일까요? 증인. 피고인이 증인의 아들을 미워하
게 된 지는 오래되었을 텐데. 그날 무슨 일이 있었길래 피고인
이 증인의 아들을 살해한 걸까요?"

"날개옷 찢어져 있는 걸 보고 그랬다고 하대유. 그놈을 우리
아들이 찢었다고 생각하고 눈깔이 뒤집혀서 그랬다고. 판사님
들이 그러대유. 여기 계신 분들 말고 전에 판사님들이유."

1심 법원 판사를 말하는 거였다.

"이쇠돌이 피고인의 날개옷을 찢었습니까?"

임붙들은 고개를 쳐들고 눈을 부라렸다.

"나야 모르쥬. 아마 그랬나 보쥬. 방물장수 할멈이 파내서
갖고 오는 걸 보고는 승질이 뻗쳐서 막 찢어발겼나 보쥬. 저
것이 날개옷 내놓으라고 평소에 지 남편을 얼마나 볶아댔는데
유. 승질이 안 나겠슈?"

이수일 검사는 증인석 앞으로 한 발짝 더 다가갔다.

"혹시 증인이 날개옷을 찢은 건 아닙니까?"

"아녀유! 지가 왜유! 지는 날개옷을 보지도 못했슈. 방물장수 할멈이 갖고 온다고 하고 영영 안 왔다니께유!"

임붙들은 침을 튀기며 부인했다.

심순애 변호사는 촉각을 곤두세우고 이수일 검사의 신문을 지켜보았다. 거의 취조하는 투였지만 증인신문 방식에 이의를 제기할 생각은 없었다. 언젠가부터 검사의 신문은 애초의 목적에서 벗어났다. 선녀의 유죄를 증명하기 위한 것이 아닌, 진실을 알아내기 위한 질문이었다.

"증인, 본 검사는 며칠 전 왕립과학수사연구소에 감정을 의뢰한 게 있습니다."

이수일 검사는 검사석으로 걸어가며 말했다.

"피고인의 날개옷 일부는 가위를 사용해서 자른 것입니다. 그런데 정밀 감식 결과, 증인의 집에 있는 가위나 이웃인 김삼둥의 집에 있는 가위에서는 날개옷의 섬유가 발견되지 않았습니다."

이수일 검사는 검사석 탁자에 놓인 서류를 집어 들었다. 아까 재판 도중 법정에 들어온 남자에게서 전달받은 봉투에 들어 있던 그 서류였다.

"그래서 혹시나 하고 그날 사건 현장 근처에 있었으나 우리가 모르고 지나친 또 하나의 가위에 대해 새로이 감정을 의뢰해봤습니다. 정말로 혹시나 하고요."

이수일 검사가 서류를 들고 증인석으로 다가왔다. 법정에 있는 모든 사람의 시선이 이수일 검사를 따라 움직였다.

"증인. 그날 방물장수 최간난이 가지고 있던 가위에서 왜 날개옷과 일치하는 섬유 조각과 증인의 지문이 나온 걸까요?"

이건 또 뭔가.

방청인들이 웅성거렸다. 임붙들의 얼굴이 당혹감으로 일그러졌다.

이어지는 이수일 검사의 설명은 다음과 같았다.

이수일 검사는 심순애 변호사의 기자회견 중 가위에 관한 내용이 문득 마음에 걸렸다. 그리고 혹시 그날 방물장수 최간난의 판매 품목 중에 가위가 있지 않았을까 하는 생각에 이르렀다. 이수일 검사는 최간난이 마지막 행상을 마치고 돌아온 꾸러미에 무엇이 있었는지 조사했다. 과연 옷감을 자르는 커다란 가위가 하나 있었다. 가위를 내주며 최간난의 가족들은 최간난이 마지막 행상을 통틀어 판 물건에 비해 너무 많은 베를 가지고 돌아온 것이 이상하다는 진술을 했다. 팔고 없는 물건은 많아야 베 반 필 정도의 값어치밖에 되지 않는데 최간난의 짐에는 베가 두 필이나 있었다는 것이다.

"증인은 그날 최간난을 따라 방 밖으로 나왔죠?"

임붙들은 힘주어 입을 꾹 닫았다.

"최간난이 날개옷을 파내자 베 한 필 반을 주고 날개옷을 건네받은 것 아닙니까?"

이수일 검사는 계속해서 자신의 추론을 밀어붙였다.

"그리고 최간난에게 그 자리에서 가위를 빌려달라고 했습니다. 최간난이 행상 꾸러미에서 가위를 꺼내 주었고, 증인은 그 가위로 날개옷을 자르고 손으로 북북 찢었습니다. 그리고 가위는 다시 최간난에게 돌려주었습니다. 맞습니까?"

이수일 검사는 날개옷을 찢어 보란 듯이 전시해놓은 행동의 근저에는 분노와 보복의 감정이 깔려 있다고 느꼈다. 임붙들은 며느리가 충격을 받고 천상에 가겠다는 희망을 단박에 포기하길 바라는 마음과, 평소 쌓인 언짢은 마음을 해소하려는 심산으로 날개옷을 갈가리 찢어놓은 것이었다.

"……그렇다고 내 아들을 죽여!"

임붙들이 선녀를 향해 소리쳤다.

"그깟 옷 좀 찢었다고!"

임붙들이 오열하며 선녀를 향해 저주의 말을 쏟아냈다. 네가 어떤 요망한 수를 썼는지는 모르지만 나는 안다. 천상에서 배운 요술을 부려 베틀 소리를 계속 나게 하고 방에서 몰래

나가 내 아들을 죽인 거 아니냐.

　임붙들은 날개옷을 찢고 돌아와 자신이 한 짓이 알려지길 기다렸다. 돌아오는 길에는 아무도 마주치지 않았다. 자기 방에 들어와서는 옆방에서 나는 베틀 소리를 계속 들었다. 따라서 선녀가 이쇠돌을 죽일 수 없었다는 건 머리로는 이해했다. 그러나 가슴으로는 이해가 되지 않았다. 임붙들은 울면서 선녀의 알리바이를 술술 증명해줬다.

　이수일 검사는 반대신문을 마치겠다고 했다. 자리로 돌아가며 이수일 검사는 심순애 변호사에게 눈짓으로 말했다.

　이제 네 차례다.

　심순애 변호사는 고개를 끄덕이며 보이지 않는 바통을 넘겨받았다.

　"재판장님! 본 법정에서 새롭게 밝혀진 사실의 확인을 위해 김삼둥에 대한 증인신문을 재요청합니다! 허락해주시기 바랍니다!"

　심순애 변호사는 손을 들고 크게 외쳤다.

다시 증언석에 앉은 김삼둥은 커다란 몸을 움츠리고 심순애 변호사의 눈을 피했다. 아까보다도 훨씬 주눅이 든 태도였다.

"증인, 증인은 피고인을 연모하고 있지요?"

심순애 변호사가 물었다.

"아, 아닙니다……. 그냥 전 선녀가 불쌍해서……."

김삼둥이 목소리를 쥐어짜듯 말했다. 그러나 누구도 그 말을 믿는 분위기는 아니었다.

"증인은 왜 피고인의 날개옷을 나서서 찾아주려고 했던 겁니까?"

심순애 변호사는 김삼둥이 둘러대는 말을 노골적으로 무시하는 투로 물었다.

"날개옷을 찾으면 피고인은 천상으로 돌아갈 텐데 말입니다. 증인은 연모하는 피고인을 다시는 볼 수 없게 될 텐데, 왜 그런 겁니까?"

김삼둥은 심순애 변호사의 눈치를 보며 우물쭈물하다가 겨우 입을 뗐다.

"차라리 선녀가 하늘로 올라가버리길 바랐습니다. 저는요……. 그런 마음이 들었습니다."

"가지지 못할 바에는 차라리 눈앞에서 없어지길 원했던 거군요."

심순애 변호사가 측은하다는 듯 말했다.

"변호인, 유도신문은 삼가세요."

재판장이 말했으나 억양에 별로 힘이 실려 있지는 않았다.

심순애 변호사는 마지막 승부수를 띄우기 전 호흡을 가다듬고 김삼둥을 가만히 내려다보았다.

"증인은 방물장수 최간난과 임붙들이 방으로 들어간 뒤에도 화전에 올라가지 않고 그 자리에 남아 있었습니다."

심순애 변호사는 딱히 대답을 바라지 않는 투로 계속 말했다.

"그리고 날개옷을 찾으러 가는 최간난과 임붙들을 따라갔습니다."

김삼둥의 커다란 몸이 점점 떨렸다. 심순애 변호사는 김삼둥을 향해 몸을 숙이고 속삭이듯 물었다.

"어땠나요? 임붙들이 날개옷을 갈가리 찢어놓는 것을 보았을 때의 심정이?"

"아니에요, 아니에요……."

김삼둥은 괴로운 듯 인상을 찡그리고 고개를 가로저었다.

심순애 변호사는 목소리를 높였다.

"선녀가 다시는 하늘로 올라갈 수 없게 된 순간을 두 눈으로 생생히 확인했을 때, 증인의 심정은 어땠습니까!"

김삼둥은 두 귀를 막고 고개를 힘차게 저었다.

"증인이 차마 가질 수 없는 연모의 대상이 영원히 이쇠돌의 아내로 남게 되었다는 걸 알게 됐을 때의 심정을 묻고 있습니다!"

"그런! 그런! 못된 놈이 어디 있습니까!"

김삼둥이 귀에서 손을 떼고 절규하듯 말을 내뱉었다.

"비겁한 새끼! 늙은 제 어미를 시켜서 제 마누라의 옷을 찢어버리다니! 천하에 빌어먹을 새끼! 그러고서 저는 태연하게 장작이나 패고 있다니! 제 어미에게 맡겨놓고 저는 장작이나 패고 있다니!"

김삼둥이 엉엉 울음을 터뜨렸다.

선녀의 날개옷이 조각났다. 선녀는 평생 이쇠돌과 죽지 못해 살 것이다. 이쇠돌은 계속 나에게 으스대겠지. 나는 평생 나무꾼 녀석에게 비교당하며 열등감과 질투심을 안고 살아가야 하겠지. 내 아내는 박색이고 꽃같이 예쁜 선녀는 저 못된 나무꾼 거고. 그런 생각이 든 순간 미쳐버릴 것만 같았다고 김삼둥은 소리쳤다. 홍수에 힘겹게 버티던 둑이 터진 듯 한번 시작된 고백을 멈추지 못하고 김삼둥은 계속 떠들어댔다.

법정에 있는 모두가 그날의 상황을 머릿속으로 그릴 수 있었다.

질시와 분노로 불덩이가 된 마음을 안고 김삼둥은 선녀의 집으로 뛰어간다. 이쇠돌을 내리칠 흉기를 찾아 부엌으로 들어가는 김삼둥. 돌절구를 손에 들고 뒷마당으로 나온다. 마침 이쇠돌이 일에서 손을 놓고 바닥에 주저앉아 담배를 말고 있다.

농사일로 단련된 김삼둥의 굵은 팔뚝이 허공을 가른다.

퍽. 퍽. 퍽.

돌절구가 여자를 납치하고 강제로 결혼했으면서도 죄의식은커녕 아내를 전리품처럼 내세우며 으스대던 나무꾼의 머리를 박살 낸다.

선녀는 아무것도 모른 채 방에서 베를 짜고 있고 임붙들은 선녀가 찢어진 날개옷을 발견하게 될 때를 기다리며 베틀 소리에 귀를 기울이고 있다.

"너무 끔찍해……"

방청석에서 누군가가 입을 가리고 말했다.

고백을 마친 김삼둥은 증인석 탁자에 엎드려 머리를 박았다. 법정 경위가 김삼둥을 향해 달려왔다. 판사들도 자리에서 일어나 허둥댔다.

"이상 증인신문을 마치겠습니다."

심순애 변호사는 돌아서며 평생의 숙적 이수일 검사의 얼굴을 힐끗 보았다. 이수일 검사는 심순애 변호사만이 알아볼 수 있는 희미한 미소를 머금고 있었다. 적으로 만났지만 어쩌다 보니 합심해버렸다. 심순애도 이수일을 향해 '제법이군' 하는 눈짓을 보냈다. 이수일과 심순애가 해냈다. 다른 편에 서 있다가 어느 순간 진실을 향해 같이 직진하고 말았다.

선녀는 무죄였다.

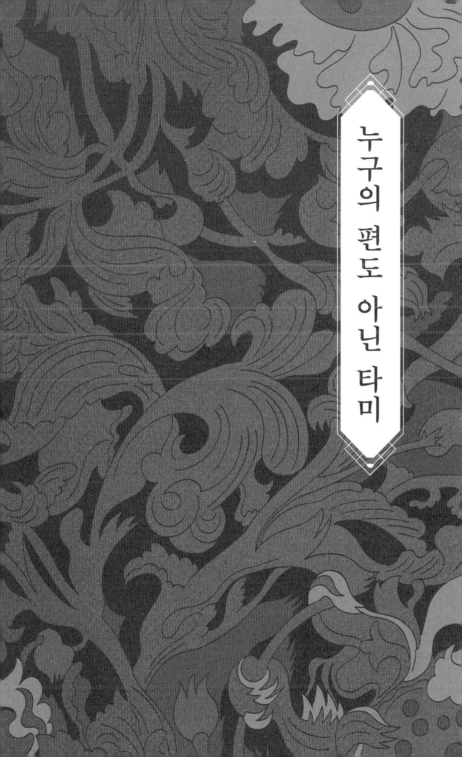

누구의 편도 아닌 타미

임기숙은 서행물산 총무부에서 급여와 직원 복지를 담당하고 있다. 입사 13년 차로 재작년에 대리에서 과장으로 승진했다. 줄곧 총무부 경리팀에서만 근무해왔고 파티션 하나를 사이에 둔 인사팀에서는 일해본 적 없다. 그런 임기숙이 해외영업부 최오선 대리와 함께 자양강장제 박스를 들고 추예나 사원의 집으로 가고 있는 데에는 복잡한 이유가 있었다. 무단결근한 여직원의 집을 방문한다는 사안의 특성을 고려할 때 인사팀 직원이 가는 것이 마땅하지만 인사팀에는 여직원이 없었고, 그렇다면 다른 팀인 총무부 소속 여직원이라도 한 명 동행하는 것이 좋겠다고 윗선이 판단했기 때문이다.

"남친하고 놀러 간 거라니깐요. 연애도 얼마나 요란하게 하는지."

해외영업부 최오선 대리가 내비게이션의 안내에 따라 핸들을 돌리며 입을 비쭉거렸다. 추예나가 기획실에서 전보될 때부터 해외영업부에서는 폭탄을 하필 자기 부서에 심었다며 불만이 대단했다. 결국 지난주에는 해외영업부 부장이 인사팀에 올라와 인원을 줄여도 좋으니 추예나를 다른 부서로 빼가든지 잘라버리든지 하라며 따지고 갔다. 사람 다루는 일에는 이골이 난 인사팀 오 차장이 추예나 문제로 골머리를 앓다 곱창집에서 울었다는 소문이 돌았다. 정규직을 어떻게 자르겠느냐고, 그 총대를 왜 내가 매느냐고 마주 앉은 직원의 소매를 부여잡고 눈물을 글썽였다고 했다.

"어제 병가 냈다면서요. 너무 아파서 연락 못 하고 집에서 앓고 있는 걸 수도……."

말하면서도 자기가 너무 빤하게 착한 사람 흉내를 내고 있다는 생각에 임기숙은 말을 맺지 못했다. 아니나 다를까, 바로 코웃음이 날아왔다.

"임 과장님, 진심으로 그렇게 믿으세요?"

임기숙은 경솔함을 반성하고 정정했다.

"……아니요."

임기숙도 추예나에 대해 파다한 소문을 모르지 않거니와 직접 당한 것도 있었다. 빗자루 같은 곱슬머리를 벅벅 긁으며 임기숙은 입맛을 쩍 다셨다.

추예나는 작년 신입 사원 공채에서 1등으로 합격했다. 화려한 학벌과 어학 능력을 갖췄고 발표 능력도 뛰어났다. 사내 최고 브레인들이 모이는 기획실에 배치되었고 초기에는 똑 부러지는 사원이라는 평가를 받았다. 문제는 입사 4개월이 지난 뒤 상사가 추예나의 기획안을 수정하면서 발생했다. 신입 사원의 당찬 주장과 고집을 꺾고 수정한 기획안이 임원 회의에서 대차게 까인 것이다. 그날 이후 추예나는 인정받는 똑똑한 신입 사원에서 분노로 펄펄 끓는 싸움닭으로 변했다. 지위 고하를 막론하고 누구의 지시도 듣지 않았고, 자기와 조금이라도 다른 의견을 제시하는 사람과는 미친 듯이 싸웠다. 서행물산 전체를 통틀어 최고의 또라이가 되었다고 요약하면 정확할 것이다.

본색을 드러내기 시작한 거죠.

기획실 직원들은 소위 '추예나 서류 창문 투척 사건'의 전말을 진술하며 평가했다.

자기 빼고는 모두가 시시한 거예요. 다른 사람들은 다 자기 능력을 질투하고 음해하고 있다고 생각한다니까요.

문제의 그날 플라스틱 파일에 감싸인 서류 뭉치가 이제 막 자리로 돌아온 기획실 김 과장의 자리를 지나 창문에 쩍 붙었더랬다. 김 과장이 회의실에 추예나를 앉혀놓고 추예나가 기안한 문서의 재검토를 지시하고 나온 뒤였다. 고래고래 고성이 오가고 근무 태도와 품성에 대한 지적이 이어진 것은 물론이다. 창문에 잠시 붙어 있던 서류 뭉치는 팔랑팔랑 흩어져 공중에 흩날렸다. 김 과장은 입을 떡 벌리고 그 자리에 얼어붙었다. 직원들 모두 눈앞의 상황에 압도되어 어찌할 바를 모르고 서로의 얼굴만 쳐다보고 있는 사이, 추예나는 핸드백을 집어 들고 또각또각 걸어 나갔다. 다음 날, 기획실 직원 하나하나의 비리와 무능, 비범한 신입 사원을 향한 시기와 집단 괴롭힘, 게으른 근무 태도와 추잡한 사생활을 폭로하는 투서가 인사팀에 접수되었다. 투서의 내용대로라면 서행물산 기획실은 추예나를 제외하고 온통 변태와 사이코패스로만 구성된 집단이었다. 그러나 완전히 거짓말은 아니었고 진실이 조금씩 교묘하게 섞여 있다는 게 문제였다. 기획실 직원 전체가 감사를 받아야 했다. 추예나는 서류 투척 사건에 대한 문책으로 다른 부서로 보내졌다.

"아니, 폭탄을 뽑아놨으면 총무부에서 안고 가든지. 안 그래요, 임 과장님? 해외영업부가 만만하냐고요. 우리가 뭘 잘못했다고 이것이 아주 회사 전체가 자기 적이야. 근무 태도고 일이고 엉망진창이었다니까요. 가만히 있으면 그냥 사람 한 명 없다 치기라도 하죠. 사사건건 트집을 잡아대는데 당해낼 수가 있어요?"

추예나는 문책 인사로 받은 한을 뼈에 새겼다. 자기를 인정하지 않다니 그 누구도 용서할 수가 없는 모양이었다. 회사 구성원 모두가 추예나의 응징 대상이 되었다. 임기숙도 피해 갈 수 없었다.

전화는 어느 날 예고 없이 걸려왔다.

"여보세요? 사내 복지 담당하는 경리팀 임기숙 과장님이신가요? 해외영업부 추예나 사원인데요. 제 선택적 복지 금액 산정에 문제가 있습니다."

선택적 복지란, 부양가족 수와 경력에 따라 지급액에 차등을 두고 각 직원에게 복리후생비의 일부를 자율적으로 사용하도록 하는 제도를 말한다. 추예나는 숨도 쉬지 않고 다음 말을 이어갔다.

"왜 제 선택적 복지 금액을 산정할 때 동거 가족인 제 동생을 부양가족에서 빼신 거죠? 총무부의 공식 입장인가요, 담당자인 임기숙 과장님의 개인적이고 자의적인 판단이신 건가요? 구체적으로 어떤 규정과 문서에 근거하신 거죠? 합당한 근거와 이유가 있는 조치인지 묻고자 연락드렸는데요."

임기숙은 자기가 뭔가 대단한 잘못을 한 것 같다는 생각이 들었다.

야, '나 빼고 다 싫어' 전화 왔다. 이번엔 임 과장이야. 이미 시달려본 경험이 있는 직원들이 옆에서 쿡쿡거렸다. 임기숙은 그제야 정신을 차렸다.

"저기…… 추예나 씨. 사내 규정상 형제자매는 부양가족으로 보지 않는데요."

"왜죠?"

"왜냐고 하시면…… 자녀의 부양자는 부모니까……."

"임 과장님. 제 부모님은 지방에 계시면서 가구와 경제활동을 따로 하고 계시고요, 제가 미성년자인 동생과 서울에서 동거하면서 동생을 부양하고 있는데, 그런 사정은 합리적으로 고려가 된 건가요? 일단 이런 제 사정을 알고 계셨어요, 모르고 계셨어요?"

추예나는 이어서 별거나 이혼 상태로 배우자 또는 자녀를 실질적으로 부양하고 있지 않음에도 단지 직계가족이 있다는 이유로 복지 금액에서 혜택을 받고 있는 몇몇 직원의 예를 들었다. 남의 사생활을 잘도 알고 있는 이 신입 사원은 법적인 부양가족만 사내 복지 제도의 대상으로 인정하는 것은 편의주의적이고 봉건적인 사고방식이라는 전제를 깔고 유창한 논리로 임기숙을 압박했다. 졸지에 봉건주의자가 된 임기숙은 억울했다. 임기숙이야말로 혼자 힘겹게 키우고 있는 반려견 타미를 어느 제도에서도 부양가족으로 인정받지 못하고 있는 처지였다. 극심한 분리불안이 있는 닥스훈트 타미는 지금 이 시간에도 임기숙이 개인적으로 고용한 펫시터가 돌보고 있었다. 펫시터 급료를 포함해서 매달 타미에게 들어가는 돈이 족히 월급의 3분의 1은 될 터였다. 휴일엔 타미에게 발이 묶여 집 밖에 잘 나가지도 못하고 거의 가택 연금 상태가 된다. 불안견 타미 때문에 형사사건에 휘말려 얼렁뚱땅 사건을 해결하고 동료 직원을 감옥에 보내는 소동을 겪기도 했다.

임기숙은 곱창집에서 빈 소주병 옆에 머리를 박고 울었다는 인사팀 오 차장의 마음을 이해했다. 기막힌 사실은 추예나의 동생은 주민등록상으로만 추예나의 동거인으로 되어 있을 뿐 실제로는 국제고 기숙사에서 생활하고 있다는 거였다. 서울 소재 국제고에 가기 위해 주소를 서울에 사는 언니의 집으로 옮긴 것이다. 그런 상황을 두고 자기가 동생을 부양하고 있다고 우기다니 당당함이 지나쳤다.

"최근에는 무슨 세기의 사랑이라도 시작했는지 말예요. 듣기에는 동네 이자카야에서 혼술 하다가 눈 맞았다던데. 오전에는 휴대폰 붙들고 애인과 낄낄거리다가 또 오후에는 불같이 싸우다가…… 글쎄 지난주에는 눈에 퍼런 멍을 달고 출근했지 뭐예요? 접시만 한 선글라스를 쓰고? 어디 보자……. 저기

저 집인가 본데요."

최오선 대리가 낡은 2층 벽돌집을 가리키며 차를 세웠다. 주변에는 비슷한 낡은 주택이 다닥다닥 붙어 있었다. 젊은 여자 혼자 사는 집 같지는 않는다는 생각이 들었는지 최오선은 미심쩍은 얼굴로 휴대전화에 띄운 구글 지도를 들여다보았다.

"눈에 멍이 들어서 왔다고요?"

임기숙이 조수석에서 몸을 일으키며 불쑥 소리를 쳤다.

아마도 어릴 적 부부 싸움만 했다 하면 텔레비전을 집어 던졌던 아빠의 행동에 트라우마가 있는 탓일 것이다. 임기숙은 폭력에 민감한 감수성을 가졌다.

"어머, 깜짝이야."

최오선이 놀라며 휴대전화에서 눈을 떼었다.

"맞았어요? 누구한테?"

"누구긴 누구예요. 왜 물류팀에 박여경 사원이라고 있잖아요?"

임기숙은 외모에서부터 순하고 여린 성격이 묻어 나오는 박여경 사원의 갸름한 얼굴을 떠올리며 한쪽 눈썹을 치켜올렸다.

"……박여경 씨가 때렸어요?"

"세상에. 그럴 리가요!"

최오선은 한바탕 깔깔깔 웃고는 말을 이었다.

"박여경 씨가 그나마 동기로서 추예나랑 말 섞는 사이란 말예요. 그 순둥이는 누가 말하든, 싫든 좋든 다 들어주니까. 박여경 씨가 추예나 보고 눈이 왜 그러느냐고 하니까 남자친구가 때렸다더래요. 당장 진단서 떼고 고소해서 이 새끼 감옥에 처넣을 거라고 펄펄 뛰었다던데. 근데 여경 씨가 다음 날 걱정돼서 어떻게 됐냐고 물어보니까 추예나가 뭐라고 했게요?"

최오선과 임기숙은 주소가 맞는 것을 재차 확인하고 차에서 내렸다. 좁은 주택가 골목은 지나는 사람 하나 없이 고요했다. 둘은 벽돌집을 향해 발을 옮겼다.

"안에 있을까요?"

"신경 끄세요! 남의 일에!"

"네?"

임기숙은 순간 자기 귀를 의심했다.

"신경 끄라고 했대요. 추예나가. 그러더니 그놈의 남자친구라는 작자랑 갖은 애교를 떨면서 통화하더랍니다. 얼마나 기가 막히면 박여경 그 순둥이가 나한테 얘기했겠어요?"

최오선이 치마의 주름을 탁탁 펴며 말했다.

임기숙이 보기에 박여경 사원은 누구의 말도 다 잘 들어주면서 동시에 그렇게 얻은 정보를 은근히 잘 전하는 사람이었다. 나쁜 소문을 내려는 생각은 추호도 없고 그저 상대를 진심으로 걱정하는 마음에 말하는 것이라는 뉘앙스를 까는 데 능숙했다. 추예나가 아무럼 그걸 몰라서 박여경과 말을 섞을까. 박여경의 입을 통해 자신을 전시하고 싶은 것이다.

직장에서의 위계 관계를 두려워하지 않는 직원을 회사가 통제할 방법은 별로 없다. 심각한 결격사유가 없는 한 단지 불손하다거나 이상하다는 이유로 정규직 직원을 해고하기는 어렵다. 추예나는 그것을 잘 알고 있다. 사내 위계를 두려워하고 인정과 평가에 매달리는 여타 회사원을 비웃으며 보통의 회사원이라면 드러내지 않을 날것의 자기를 마구 보여준다.

임기숙은 이름처럼 예리한 인상을 풍기는 추예나의 얼굴을 떠올렸다. 인정받는 것에 실패한 첫 경험 이후 추예나는 회사에 등을 돌렸다. 제2의 기회는 찾지 않았다. 조직을 비웃고 동료를 골탕 먹이는 데 그 똑똑한 머리를 다 썼다. 왜 그럴까. 그렇게 살면 행복할까.

추예나는 어제 아침에 회사로 전화를 걸어 갑자기 병가를 쓰겠다고 했다. 그리고 오늘은 아무런 연락 없이 나오지 않았고 휴대전화는 꺼진 상태였다. 역시 출처가 박여경 사원으로 추측되는 소문에 의하면, 엊그제 추예나는 남자친구와 같이 마실 요량으로 백화점에서 코냑과 와인을 사서 퇴근했다고 한다. 임기숙은 자기 역할이 무단결근한 직원의 안전을 확인하거나 병문안을 하는 게 아니라는 걸 알았다. 회사는 임기숙이 추예나를 해고할 만한 사유, 정당하지 않은 무단결근의 증거를 찾아오기를 기대하고 있었다. 여기서 상상할 수 있는 가장 자극적인 광경은 추예나가 전날 파티를 벌인 것이 역력한 집에서 숙취에 시달리며 남자친구와 엉켜 있는 것일 테다. 임기숙은 그런 모습을 발견하고 싶지 않았다.

제발 집에 없어라.

벽돌집은 대문이 따로 없었다. 현관은 도로변에 드러나 있고 집 뒤편에 시멘트 담이 쳐져 있었다. 한옆에 2층으로 올라가는 계단이 나 있는 것으로 보아 2층과는 가구를 달리하고 있는 듯했다. 임기숙와 최오선은 1층 현관 앞에서 초인종을 눌렀다. 놀랍게도 인터폰이 아니라 벨만 울리는 구형 초인종이었다.

"계세요!"

최오선이 현관문을 두들기며 초인종을 한 번 더 눌렀다. 철로 된 현관문을 두드리니 요란한 소리가 났다.

집에 없어라. 제발.

자양강장제 박스를 손에 들고 한 발짝 물러선 임기숙은 속으로 간절히 외쳤다.

"추예나 씨! 저 최오선이에요. 총무부 임기숙 과장님이랑 같이 왔어요! 집에 계세요?"

문을 두들기는 최오선의 손이 거칠어졌다. 초인종을 네 번째로 누른 뒤 최오선과 임기숙이 이만 포기할까 말까 눈짓을 교환할 때였다.

"아이 씨. 뭐야?"

현관문이 끼이익 소리를 내며 열렸다. 긴 트레이닝 바지와 러닝셔츠를 입은 젊은 남자가 열린 문 사이로 나타났다. 며칠간 면도를 하지 않았는지 코밑과 턱에 수염이 숭숭 자라난 남자는 20대 초중반으로 보였다. 눈이 부리부리했는데 오른쪽 눈에만 칼로 그은 것 같은 진한 쌍꺼풀이 있었다. 한낮에 갑자기 집을 찾아온 두 여자를 바라보는 남자의 눈빛과 표정이 곱지 않았다.

"서행물산에서 왔는데요."

남자의 기에 눌렸는지 최오선이 겁먹은 목소리로 말했다.

"뭐라고?"

한참 어린 남자가 눈살을 찌푸리며 반말을 내뱉었다. 열린 문틈을 막고 서 있는 남자에게서 술 냄새가 물씬 풍겼다. 남자의 머리 너머로 작은 거실을 지나 왼쪽에 난 방문이 굳게 닫혀 있는 것이 보였다. 방에 텔레비전 볼륨을 크게 켜놓은 듯 한창 유행하는 드라마 주제곡이 등장인물 간 대화 소리에 섞여 흘러나왔다.

We all lie.

Tell you the truths.

"아…… 다시보기가 아니라면 죄송합니다."

임기숙이 불쑥 말했다.

남자가 임기숙을 노려보았다. 최오선은 임기숙의 옆구리를 쿡 찌르며 입 모양으로 속삭였다. 무슨 말을 하는 거예요?

당황할수록 아무 말이나 툭 던지는 버릇 때문에 임기숙은 '불쑥쟁이'라는 별명을 갖고 있다. 심각한 상황에 이렇게 자기도 모르게 불쑥해버리면 참으로 곤란하다. 드라마에서 중요 장면이 나올 때마다 반복적으로 나오는 주제곡이 귀를 스치자, 한낮의 여유로운 드라마 시청을 방해해서 남자가 화가 난 걸지도 모른다는 극단적인 배려심이 든 것이었다.

"아, 그러니까…… VOD라면 다시 돌려서 볼 수도 있겠지만요……."

이쯤에서 최오선이 눈치껏 말을 가로챘다.

"서행물산 추예나 사원 집 아닌가요? 우린 동료 직원들인데요. 추예나 사원이 오늘 연락 없이 결근을 해서 걱정이 돼서 왔습니다만."

"그런 사람 없거든요?"

남자는 현관문을 쾅 닫고 소리 나게 잠금장치를 채웠다. 남자의 입에서 풍긴 술 냄새만이 공기 중에 남았다. 막냇동생뻘 되는 낯선 남자에게 문전 박대를 당한 임기숙과 최오선은 모멸감에 얼굴이 빨개졌다.

어쨌든 최선을 다한 두 직원은 터덜터덜 차로 돌아와 자양강장제 박스를 풀고 자양강장제를 한 병씩 나눠 마셨다. 이사를 가고 새 주소를 회사에 등록해놓지 않은 추예나에 대해 한참 욕을 풀어놓고 난 뒤 최오선은 임기숙에게 은근한 눈빛을 던졌다.

"4시 반인데, 임 과장님. 회사 들어가실 거예요?"

임기숙은 어깨를 한번 으쓱하고는 고개를 저었다. 희한한 외근을 맡고 봉변을 당해 기분도 찝찝한 데다가 지금 회사로 들어가봤자 곧 퇴근 시간이 될 터였다. 이 길로 퇴근하자고 둘은 의견 일치를 봤다. 마침 타미를 맡아주는 펫시터의 집이 같은 동네였다. 최오선이 펫시터인 지민 엄마의 집까지 임기숙을 태워다주기로 했다. 임기숙은 차에서 회사에 전화를 걸어 주소가 달라 헛걸음을 했다는 보고를 마쳤다.

일찍 퇴근할 수 있다는 사실에 기분 좋아진 최오선이 지민 엄마가 사는 아파트 앞에 임기숙을 내려놓고 떠났다. 차로 5분도 안 걸리는 거리였다. 지민 엄마는 초등학생 딸아이를 키우고 있는 40대 주부였다. 개를 무척 좋아하는데 직접 키우기는 부담스러워 낮에 남의 개를 봐주면서 돈도 벌 요량으로 펫시터 구인구직 사이트에 이름을 올린 것이 인연이 되어 임기숙과 타미를 만나게 됐다.

임기숙은 지민 엄마 집으로 올라가기 전에 미리 전화를 하려고 주머니에서 휴대전화를 꺼내다가 진동음이 울리는 바람에 깜짝 놀랐다. 화면에 찍힌 발신자 이름을 보고 한 번 더 놀란 임기숙은 길거리에 뻣뻣하게 서서 전화를 받았다.

"여보세요?"

"총무부죠? 저 해외영업부 추예나인데요."

"아…… 추예나 씨, 안 그래도 오늘 연락도 없이 안 나오시고 휴대폰도 꺼져 있어서요. 제가 최오선 대리하고 방금 댁에 갔었는데……"

"뭐라고요?"

추예나의 목소리엔 날이 잔뜩 서 있었다. 임기숙은 잘못한 것도 없이 위축되어 중얼거렸다.

"갔었는데요, 그런데 이사를 가신 건지 주소가 틀린 것 같던데요……"

"나 원 참. 기가 막혀서. 집에 찾아오다니요? 왜 사생활 침해를 하고 그러세요? 이 회사 왜 이래 정말? 됐고! 제가 아침에 넘어졌는데 뇌진탕으로 의식이 없었어요. 그래서 연락을 못한 거라고요. 3일 더 병가를 써야 할 것 같으니 그리 알고 처리해주세요."

"저……."

추예나는 임기숙이 말할 겨를을 주지 않고 쏘아붙였다.

"그리고요! 전화한 김에. 전에 얘기됐던 거 있잖아요. 저 특근수당 112만 원 누락된 거, 오늘 안으로 입금해주세요. 알겠죠?"

이게 뭔 소린가.

임기숙은 휴대전화를 든 채로 눈을 끔뻑거렸다. 난데없이 특근수당이라니?

임기숙은 선택적 복지에 관한 사항 말고는 추예나에게 급여 문제로 항의를 받은 기억이 없었다. 그리고 추예나는 특근수당을 112만 원이나 받을 만큼 일을 하지도 않았다.

수화기 너머 텔레비전에서 흘러나오는 낯익은 노랫소리가 침묵 아래 깔렸다.

Is this really true?

Is this really true?

이게 어디서 개소리야.

멍한 가운데서도 임기숙은 자신이 그렇게까지 멍청하지는

않다는 자의식을 끌어올렸다.

"저기요, 추예나 씨. 무슨 말씀이시죠?"

"아이 씨! 피곤하게 한 말 또 하게 하지 마시고요. 제 월급 통장으로. 1번으로 등록된 거 있잖아요. 두 번째, 세 번째 거 말고. 그걸로 오늘 중으로 빨리 보내시라고요. 돈이 좀 급하니까 부탁드립니다. 제발요. 네? 제에바알요오. 알겠어요?"

전화는 일방적으로 끊겼다.

임기숙은 발끈해서 바로 추예나에게 전화를 걸었다. 휴대전화가 꺼져 있다는 알림음이 나왔다. 자기 할 말만 하고 통화를 마치자마자 부리나케 또 전원을 꺼버리다니. 비겁하다.

임기숙은 그 자리에서 발을 두어 번 구르는 것밖에는 마땅히 화를 풀 방법이 없었다.

지민 엄마는 물이 뚝뚝 떨어지는 손으로 문을 열어주었다. 컹컹컹. 안쪽에서 타미가 떠나가라 짖었다. 아이고, 지겨워라. 돈을 주고 맡기는 거라고 해도 단 1분도 혼자 둘 수 없는 개를 맡기는 것에 임기숙은 늘 죄스러운 마음이 들었다. 임기숙의 집 근처에서 활동하는 펫시터들은 타미의 사정을 듣고 모두 거절했다. 다른 동네에 사는 지민 엄마만이 유일하게 타미를 거둬줬다.

지민 엄마는 통통한 얼굴에 웃음을 담뿍 담고 말했다.

"우리 타미, 산책하고 이제 막 목욕을 시켜서. 말릴 동안 거실에서 기다리시겠어요?"

임기숙은 굽실거리며 거실 소파에 다가가 앉았다. 세 가족의 자질구레한 살림이 적당히 어지럽혀져 있는 거실에 앉아 임기숙은 끓어올랐던 속을 마저 식혔다.

"추예나, 너 내가 만만해?"

임기숙은 안방에서 타미의 털을 말리고 있는 지민 엄마에게는 들리지 않게 작게 중얼거렸다. 왜 하필 나에게 전화해서 병가 3일을 더 내달라느니, 하지도 않은 특근수당을 달라느니, 자다가 봉창 두드리는 말을 하는 거야. 흥.

속말과 함께 실제로 코웃음을 치다가 임기숙은 순간 고개를 갸웃했다.

그러게? 왜 나에게 전화를 한 거지?

추예나의 공격적인 말에 화가 난 나머지 미처 생각하지 못했던 점이 굉장히 이상하게 다가왔다.

추예나의 말대로라면, 추예나는 뇌진탕 증상으로 연락을 못 하고 있다가 오늘에 더해 3일 더 병가를 신청하려고 연락을 한 것이다. 그렇다면 소속 부서인 해외영업부나 총무부 인사팀에 전화를 하는 것이 맞다. 임기숙은 총무부이지만 경리팀 소속이다. 추예나와 특별히 친한 사이도 아니다.

맞다. 그러고 보니 추예나는 전화를 걸어 대뜸 "총무부죠?"
라고 말했다. 회사 번호도 아니고 임기숙의 개인 휴대전화 번
호로 전화하면서 총무부를 찾았다.

불길함이 촉수를 뻗는 바다 생물처럼 임기숙의 마음에 스
멀스멀 피어올랐다. 급속히 퍼지는 불안으로 분노는 차게 식
어 가라앉았다. 임기숙은 추예나와 통화를 할 때 텔레비전에
서 나오는 노랫소리가 배경에 깔렸던 것을 기억하고 침을 꼴
깍 삼켰다. 추예나는 스피커폰으로 통화를 했던 것 같다. 마치
회사 총무부 인사팀 사람과 통화를 하는 양 임기숙과 통화를
했다. 왜?

생각이 마구 달려가다 잠시 멈춘 사이 임기숙은 무심코 거
실 응접탁자에 눈길을 주었다. 공과금 고지서나 광고물 같은
우편물이 한쪽에 쌓여 있었다. 그 옆에 개봉한 봉투에서 꺼낸
종이 하나가 보란 듯이 활짝 펼쳐져 있었다.

성범죄자 신상정보 우편고지서.

제목이 눈에 들어온 순간 허리가 길고 다리가 짧은 까만 생
물이 타닥타닥 발톱 소리를 내며 달려와 임기숙의 얼굴로 뛰
어올랐다. 컹컹컹. 길쭉한 주둥이에서 나온 기다란 혀가 임기
숙의 얼굴에 처덕처덕 침을 발랐다.

"앗! 타미야!"

임기숙이 타미의 몸뚱이를 팔로 잡고 떼어냈다. 검은 물개 같이 파닥거리며 핥아대는 개를 안고 쩔쩔매는 임기숙의 모습을 지민 엄마가 흐뭇하게 바라보았다.

"그거 지민이 학원 끝나고 오면 보여주려고 펴놓은 거예요."

지민 엄마가 말했다. 방금 전까지 임기숙의 눈길이 성범죄자 신상정보 우편고지서에 머물렀던 것을 본 모양이었다.

"작년엔 두 명이더니 한 명 더 늘었어요. 딸 키우는 입장에서 어디 무서워서 살겠나. 지민이 보고 얼굴이라도 익혀두고 더 조심하라고 해야지 어떡하겠어요."

"이런 게 매년 오나요?"

한바탕 의식을 치르고 겨우 진정한 타미를 끌어안고 임기숙이 물었다.

"미성년자 있는 집에는 다 보내는 모양이더라고요. 이렇게라도 알고 있는 게 낫긴 나은 건가 모르겠네요. 이런 놈들 없는 데서 살고 싶지만. 이사 가봤자 이런 놈들이 또 거기로 이사 오면 할 수 없는 거잖아요?"

사람 좋은 지민 엄마의 눈빛에 무력한 경멸이 떠올랐다.

임기숙은 고지서를 집어 들었다. 지민 엄마는 깜빡 잊었다는 듯 리모컨을 들고 텔레비전을 켰다. 두어 번 채널을 바꾸다가 원하는 프로그램을 찾은 지민 엄마가 손뼉을 짝 쳤다.

"어머! 한다. 기숙 씨, 요새 이거 봐요? 너무 재밌어. 아, 정말 혜나는 누가 죽였을까요?"

요즘 가장 유행하는 드라마 〈SKY 캐슬〉이었다. 명문가 학부모들이 자녀를 명문대에 보내기 위해 입시 코디를 고용해서 치열하게 경쟁하고 갈등하는 얘기다. 드라마 장르인 줄 알았더니 갑자기 살인과 죽음이 난무하며 스릴러로 방향을 틀었다. 임기숙은 요즘 드라마는 장르에 상관없이 일단 사람이 죽어야 하나 보다 생각했을 뿐 크게 재미는 못 느꼈다.

불교 교리에 따르면 깨달음은 한순간에 오는 것이라 했다. 지민 엄마가 눈을 빛내며 인기 드라마를 보는 걸 보고 임기숙은 한꺼번에 알아버렸다.

추예나는 임기숙이 집에 찾아온 사실을 알았다.

임기숙과 최오선이 찾아갔을 때 추예나는 집에 있었다.

임기숙이 이전에 본의 아니게 형사사건에 휘말려 탐정 노릇을 했던 이야기는 서행물산 내에 공공연히 퍼져 있었다. 누구보다 사내 소식에 밝은 추예나가 몰랐을 리 없다.

그래서 임기숙의 개인 휴대전화로 연락한 것이다.

벽돌집에 찾아갔을 때 방에서 흘러나오던 드라마 주제곡도, 추예나가 전화했을 때 배경으로 들렸던 노래도 바로 저 〈SKY

캐슬〉의 주제곡이었다.

임기숙은 손에 든 고지서에 눈길이 꽂혔다. 이 동네에 사는 성범죄자 세 명의 이름, 주소, 성범죄 전과, 사진 등이 나와 있었다. 법원에 의해 성범죄자 고지 명령을 받은 사람들이었다.

사진은 충분히 선명하지는 않았지만 대략적인 인상을 파악할 수 있을 정도는 되었다. 마지막 세 번째에 조금 전 마주친 남자의 얼굴이 있었다. 한쪽 눈에만 저렇게 진한 쌍꺼풀이 있는 20대 남자가 이 동네에 또 있진 않겠지.

임기숙은 헉, 하는 소리가 나오는 걸 참으며 입술을 깨물었다. 심상치 않은 분위기를 감지한 타미가 고개를 꺾어 올려 임기숙의 입가를 쩍쩍 핥았다.

임기숙은 다시 벽돌집 앞에 섰다. 타미를 넣은 이동 가방을 멘 채 집 주변을 한 바퀴 돌았다. 수상한 구석은 찾을 수 없었다. 하지만 임기숙은 저 집 안에 있는 여자가 온몸으로 구조 요청을 하는 것이 느껴졌다. 자기의 불길한 예감이 맞든 틀리든 확인하지 않고는 마음에 평화가 올 것 같지 않았다.

가정 폭력이나 데이트 폭력을 당하는 여자에게 가장 위험한 곳은 집이다.

저 집 안을 확인해야 한다.

하지만 어떻게?

다시 초인종을 누르고 문을 두들겨댄다고 해도 남자가 또 문전 박대 하면 그만이다. 밖에서 이상한 시도를 하면 오히려 집 안의 상황이 더 위험해질 수도 있다.

오늘 안으로 특근수당 112만 원을 보내달라. 1번으로 등록 된 월급통장으로.

임기숙은 벽돌집으로 걸어오는 동안 추예나가 보낸 신호를 해석했다.

직원들이 급여 통장을 여러 개 등록해놓는 목적은 거의 한 가지다. 비정기적으로 나오는 상여금이나 수당을 배우자 몰래 개설한 통장으로 받아 비상금을 축적하기 위해서다. 예상치 못한 상여금이 지급될 때면 평소 급여를 입금하는 계좌 말고 다른 계좌로 입금해달라는 문의가 임기숙에게 빗발친다. 하지 만 임기숙의 기억에 미혼인 추예나는 등록된 계좌가 하나뿐 이었다.

오늘 안으로 112에 신고해달라. 나는 주소가 여러 개 있지 않다. 등록된 주소가 내가 사는 곳이 맞다.

임기숙은 곱슬머리를 쥐어뜯었다.

경찰을 불러? 무슨 사유로?

저 집에 사는 동료 직원이 어쩌고저쩌고했는데 방금 제게 어쩌고저쩌고하는 전화를 했어요. 그게 말이죠, 112로 신고해 달라는 뜻인 것 같아요. 최근에 사귀기 시작한 남자친구는 성 범죄자로 보이고요. 찾아갔는데 남자친구로 보이는 남자가, 그 러니까 동료 직원의 남자친구이면서 성범죄자로 보이는 남자 가 대낮부터 술에 취해서 동료 직원은 이 집에 살지 않는다고 하고 문을 열어주지 않아요. 하지만 저 집이 동료 집이 맞아 요. 남자친구는 동료 직원을 때려서 눈을 멍들게 한 적도 있어 요. 폭력적인 사람인 거죠. 그러니까 저 집을 확인해보세요.

동료 직원의 남자친구가 성범죄자인지는 어떻게 알았냐고 요? 우연히 이 동네 성범죄자 신상정보 우편고지서를 봤거든 요. 동료 직원은 주민등록상 미성년자인 동생과 함께 사는 걸 로 되어 있어요. 어제 병가를 내고 남자친구와 놀다가 집에서 성범죄자 신상정보 우편고지서를 받았을 거예요. 들키고 싶지 않은 전과를 들킨 남자친구가 동료 직원을 가둬놓고 있는 것 같아요. 아까 제가 집으로 찾아가니까, 동료 직원은 이렇게 연 락 없이 안 나가면 회사에서 또 어떤 조치를 취할지 모른다고 하면서 회사에 전화 한 통 하는 걸 허락받고 구조 요청을 보 낸 거라고요.

이게 충분한 수색 사유가 될까? 남자가 거부해도 경찰이 강 제로 집 안에 들어갈 수 있을까? 같은 드라마 주제곡과 이상한 내용의 통화와 성범죄자 신상정보 우편고지서를 과연 위험 신호로 받아들여줄까. 신고자를 이상한 사람 취급하고 형식적인 확인만 하고 돌아가는 건 아닐까. 그럼 더 위험해질 수도 있잖아!

번민이 임기숙의 머릿속을 흔들어놓았다. 그 와중에 타미가 이동 가방 안에서 뒷발로 귀 뒤를 긁느라 탁탁거렸다. 순간 먼 기억 속에서 하얀 종이쪽지가 어둠 속 등불처럼 훤히 떠올랐다.

개가 낮에 하루 종일 짖음. 조치를 취하지 않으면 신고하겠음.

임기숙이 퇴근하고 왔을 때 빌라 현관문에 붙어 있던 종이쪽지의 문구였다. 타미의 심각한 분리불안증을 발견하고 이후 고된 훈련과 펫시터 고용 등의 조치를 취하게 만든 이웃의 민원. 짖는 개에 대한 민원이 얼마나 큰 위력을 가지는지 임기숙만큼 잘 아는 사람은 없다.

임기숙은 가방에서 타미를 꺼내 으스러지게 안았다.

"타미야! 누나가 정말 미안해!"

타미는 앞으로 벌어질 일을 모른 채 축축한 코로 임기숙의 품 여기저기를 킁킁거렸다.

임기숙은 붉은 벽돌집을 돌아 뒷담으로 갔다. 집 뒤쪽에 담이 쳐져 있었는데 양옆은 막혀 있었다. 임기숙은 위를 올려다보았다. 2층의 튀어나온 발코니와 기와지붕의 처마에 가려 이

윗집에서도 담 내부를 들여다보기는 어려울 것 같았다.

"너는 인간 세계의 추악함을 알 리가 없고 그 누구의 편도 아니겠지만……. 타미야, 사람 한 번만 돕자!"

임기숙은 타미를 들고 담에 매달렸다. 담 위로 타미를 올리고 손을 뻗어 담 안으로 타미를 집어넣었다. 그러고는 눈을 질끈 감고 집 앞으로 돌아 나갔다. 세 걸음을 채 걷기도 전에 좁은 담에 갇힌 타미가 짖기 시작했다.

컹컹컹.

타미의 높고 날카로운 목소리가 고요한 주택가를 뒤흔들었다. 임기숙은 휴대전화를 꺼내 112를 눌렀다.

여자 경찰이 신고 전화를 받았다. 임기숙은 벽돌집의 주소부터 말했다.

"개가 세 시간째 짖고 있어요!"

임기숙의 다급한 목소리 뒤로 타미의 짖는 소리가 충분히 깔리고 있을 터였다. 근처 어딘가에서 창문이 열리는 소리가 들렸다. 사람과 분리되어 좁은 공간에 갇힌 타미의 불안과 공포가 주택가의 공기를 날카롭게 찢어놓았다.

경찰이 개가 어디서 짖고 있느냐고 물었다.

"집 안에서요! 안에 사람이 있는데도 일부러 개를 짖게 놔두고 있다고요. 아, 돌아버릴 것 같아! 들리죠, 이 개 소리? 들리잖아요, 개 소리? 몇 번 뭐라고 했더니 아주 작정하고 동네 사람 괴롭히려고 이러고 있어요. 아주 미친놈이에요. 낮부터 술에 취해가지고 남자가, 눈빛도 제정신이 아냐. 빨리 좀 와주세요, 네? 아니면 큰 싸움 나겠어요. 진짜! 뭔 일 난다고요!"

신고 내용을 파악한 경찰이 곧 순찰차를 보내겠다고 했다. 수화기 너머로 쩌렁쩌렁 울리는 타미의 짖는 소리가 다급함을 전달하는 데 한몫했을 것이다.

임기숙은 휴대전화를 쥔 손으로 뛰는 가슴을 내리누르며 벽돌집 현관을 뚫어져라 바라보았다. 창문이 열리는 소리가 또 났고 근처 주택에서 중년 여자 한 명이 나와 기웃거렸다. 컹컹컹. 타미가 계속 짖었다. 공포에 절어 쉬지 않고 짖었다.

제발 빨리.

순찰차가 아주 멀리 있진 않을 것이다. 남자가 개 짖는 소리를 참지 못하고 나와 보기 전에 경찰이 먼저 와야 한다. 임기숙은 남자의 완력에 대응할 수 없었다.

만약 경찰이 오기 전에 남자가 나와버리면 어떡하지? 남자가 나와 집 뒤로 가면 현관으로 쏙 달려들어가 문을 잠가버릴까? 내가 할 수 있을까? 그럼 타미는 어떻게 되는 거지? 남자가 타미에게 해코지하면 어떡하지?

임기숙은 1초를 하루같이 느끼며 울음이 터져 나올 것 같은 얼굴로 서 있었다.

컹컹컹. 컹컹컹.

타미가 좁은 담 안을 미친 듯이 뛰어다니며 간절하게 주인을 불렀다. 누군가 개 소리가 시끄럽다고 소리쳤다. 사람들이 웅성거렸다.

임기숙이 다리가 떨려 그만 주저앉아버릴 것 같다고 느낄 무렵, 드디어 골목에 순찰차가 나타났다.

"아!"

경찰 두 명이 차에서 미처 내리기도 전에 임기숙은 뛰어서 순찰차로 다가갔다.

"저 집이에요!"

운전석에서 빠져나온, 푸른 제복이 터질 듯 덩치가 큰 남자 경찰에게 임기숙은 소리쳤다. 벽돌집을 향해 손가락으로 허공을 수차례 찔러대며 경찰의 행동을 재촉했다.

"신고자 되십니까?"

보조석에서 내린 경찰이 물었다. 매부리코에 낯빛이 어두운 남자였다.

임기숙은 고개를 힘차게 끄덕였다. 쩌렁쩌렁 울리는 개 짖는 소리에 두 경찰은 눈살을 찌푸렸다. 소리를 듣고 나온 이웃 사람이나 창문으로 내려다보는 사람이나 다행히 타미가 담 안에 있다는 걸 눈치채지는 못한 것 같았다. 이웃 주민인 척하는 임기숙의 확신에 찬 진술이 덧붙여지니 개 짖는 소리는 정말 벽돌집 안에서 나고 있는 것처럼 느껴졌다.

임기숙은 진짜 이웃 주민이 다가와 참견할 겨를을 주지 않기 위해 경찰 쪽에 바짝 붙어서 빠르게 말을 늘어놓았다. 저 집에 어떤 우락부락한 젊은 남자가 사는데, 엄청 짖는 개를 키운다. 참다못해 몇 번 따지러 갔더니 오히려 괜한 트집 잡지 말라며 적반하장으로 나오더라. 뭔 심사가 뒤틀렸는지 오늘은 아예 개를 세 시간 넘게 짖게 놔두고 있다. 아까 따지러 갔더니 남자가 눈을 부라리며 쫓아내서 생명의 위협까지 느꼈다. 경찰 아저씨들도 이 소리를 몇 시간째 들어봐라. 정신병에 걸릴 것 같다. 제발 저 소리를 멈추게 해달라.

두 경찰이 언제까지고 떠들어댈 것 같은 임기숙을 뒤로하고 벽돌집 현관으로 다가갔다. 임기숙은 덩치 큰 경찰 뒤로 슬그머니 따라붙었다.

"계세요? 경찰입니다."

매부리코 경찰이 초인종을 누르고 현관문을 두드렸다.

초인종이 세 번 울릴 때까지 안에서는 아무 반응이 없었다.

"없는 척하는 거예요. 안에 분명 사람이 있다니까요."

임기숙이 덩치 큰 경찰 뒤로 얼굴을 쑥 내밀고 속삭였다. 크

흠, 목을 가다듬으며 매부리코 경찰이 안 그래도 어두운 낯빛을 구겼다.

덩치 큰 경찰이 왼손을 허리 벨트에 얹고 오른손으로 현관문을 세게 두드려댔다.

"계십니까? 경찰입니다! 신고가 들어와 찾아왔습니다!"

현관문을 두드려대는 박자에 맞춰 타미가 더 크게 짖었다. 둘 다 무시하기 힘들 정도로 요란한 소음이었다.

안에서 움직이는 기척이 났다.

철로 된 현관문이 삐꺽하는 소리와 함께 열렸다. 문은 20센티미터 정도 열린 채 멈췄다. 그 좁은 틈 사이로 외쌍꺼풀 남자가 얼굴을 내밀었다. 남자는 험악한 표정으로 불청객을 노려보았다. 임기숙은 두려움에 덩치 큰 경찰 뒤로 몸을 숨겼다.

"뭐죠?"

"개 짖는 소리로 민원이 들어와서요."

매부리코 경찰이 말했다.

남자가 눈 사이를 좁히며 으르렁거렸다.

"우리 개 안 키우는데요."

여전히 진한 술 냄새를 풍기는 남자가 간단히 일갈하고 현관문을 닫으려 했다. 덩치 큰 경찰이 문고리를 잡고 문을 닫지 못하게 당겼다. 경찰의 등 뒤로 임기숙이 얼굴을 쑥 내밀었다.

"이 집 개 맞아요! 제가 봤다니까요!"

남자가 갑자기 튀어나온 임기숙의 머리를 보고 멈칫하더니 이를 드러냈다.

"뭐야, 저 여자! 아까 그 아줌마 아냐?"

임기숙은 덩치 큰 경찰의 우람한 상체 뒤로 몸을 숨기고 떨리는 목소리로 외쳤다.

"개는 저 방 안에 있어요! 제가 아까 봤다고요!"

임기숙은 아빠 등 뒤에 숨어 친구를 고자질하는 아이처럼 몸을 웅크리고 절박하게 소리쳤다. 방에 있어요, 방에. 방에 들어가봐요. 어서요.

덩치 큰 경찰이 집 안쪽으로 턱짓을 했다.

"선생님. 방 안 좀 확인해도 되겠습니까?"

"하! 개 안 키운다니까 그러네! 이 양반들이 남의 가정집에 와서는……."

"선생님. 이 집 사세요? 여기 세대주인 추예나 씨하고는 어떤 관계 되십니까?"

그사이 무전기를 붙들고 뭔가 정보를 주고받던 매부리코 경찰이 남자에게 물었다.

역시 여긴 추예나가 사는 집이 맞았어. 임기숙은 긴장감에 침을 꼴깍 삼켰다. 그런 사람 없다는 건 거짓말이었다고. 타미는 계속 짖었다. 컹컹컹. 조금만 더 참아줘, 타미야.

젊은 남자의 눈빛이 흔들렸다. 정확한 대답을 못 하고 우물
쭈물하던 남자는 덩치 큰 경찰의 등 뒤에 혹처럼 튀어나온 임
기숙의 얼굴을 잡아먹을 듯 노려보았다. 그때였다.

쿵.

모두의 눈길이 소리가 난 안쪽 방문을 향했다.

쿵. 쿵. 쿵.

누군가 방문에 몸을 부딪쳐 내는 소리였다.

"으으으……."

여자의 신음 소리였다. 입안 가득 재갈이 물려 있는 여자가
힘을 쥐어짜 소리를 내고 있는 것 같았다.

모두의 시선이 동시에 남자에게 향했다.

남자가 별안간 욕을 하며 임기숙을 향해 달려들었다.

"저게 왜 남의 일에 참견하고 지랄이야!"

남자는 주먹을 뻗으며 현관문 밖으로 튀어나왔다.

"엄마야!"

임기숙은 두어 발자국 뒤로 물러나 주저앉았다. 본능적으
로 머리를 감쌌다. 남자는 임기숙에게 손끝 하나 대지 못했다.
덩치 큰 경찰이 남자의 가슴을 밀어 다시 집 안으로 집어넣은
것이었다.

그 뒤의 일은 후다닥 진행되었다. 임기숙은 머리를 감싸고 앉은 채 덜덜 떨며 소리로 상황을 파악했다. 툭탁거리고 넘어지는 소리, 누군가 방 안으로 걸어 들어가는 소리, 방문이 열리는 소리, 남자의 욕설과 고함 소리, 여자의 흐느낌, '잡아!'라고 외치는 매부리코 경찰의 목소리……

그리고 귀청을 찢는 듯한 개 짖는 소리.

"타미야! 엉엉, 타미야!"

임기숙이 일어나 눈물을 닦으며 집 뒤로 뛰어갔다. 광견병에 걸린 개처럼 타미가 턱 밑으로 침을 뚝뚝 흘리며 담 안에서 컹컹 짖고 있었다. 임기숙은 담에 홀쩍 매달렸다. 타미가 뒷발로 콩콩 뛰었다. 임기숙은 손을 뻗어 타미의 몸뚱이를 잡아채고 담 밖으로 빠져나왔다. 임기숙은 침으로 흥건해진 타미를 힘차게 끌어안았다. 헐떡대는 검은 몸뚱이에서 격리로 인한 공포와 불안이 고스란히 느껴졌다.

"타미야! 미안해! 엉엉!"

타미에 대한 죄책감과 함께 긴장이 풀리면서 임기숙은 목놓아 울었다. 난리통에 밖으로 나온 사람들이 삼삼오오 모여 수군거렸다. 하지만 누구도 검은 개를 끌어안고 울고 있는 임기숙에게 함부로 다가가지 못했다. 순찰차와 구급차가 연이어 골목에 들어왔다.

공포심이 가라앉자 즉시 주인을 용서한 타미가 임기숙의 뺨에 흐른 눈물을 핥았다. 임기숙의 울음이 서서히 잦아들었다. 주위의 시선도 조금씩 느껴졌다.

임기숙은 타미를 안고 웅크려 선 자세로 조심스레 벽돌집 앞을 향해 갔다.

덩치 큰 경찰과 지원을 받고 방금 출동한 듯한 젊은 경찰이 뒷수갑을 찬 남자를 양옆으로 잡고 끌고 나왔다. 남자는 맥락이 닿지 않는 쌍욕을 퍼부으며 경찰을 싸잡아 저주했다. 경찰은 남자를 순찰차 뒷자리에 집어넣고 차 문을 소리 나게 탁 닫았다.

순찰차가 떠나고 어깨에 담요를 걸친 추예나가 구급대원과 함께 집 밖으로 나왔다. 자기 집에 갇혀 어찌나 가혹한 폭행을 당했는지 붉게 부어오르고 멍든 얼굴이 누군지 알아보기 힘들 정도였다.

임기숙은 타미를 안고 추예나가 행여 자신의 모습을 보지 않도록 자리를 피했다.

육체가 깨지고 자존심이 멍든 사람으로부터 고맙다는 말을 듣고 싶지 않았다. 그건 너무 끔찍할 것 같았다. 더구나 평소 추예나가 어떤 사람인가. 일단 위험에서 빠져나왔으니 됐다.

임기숙은 담에 기대어 타미의 등 털에 얼굴을 묻었다.

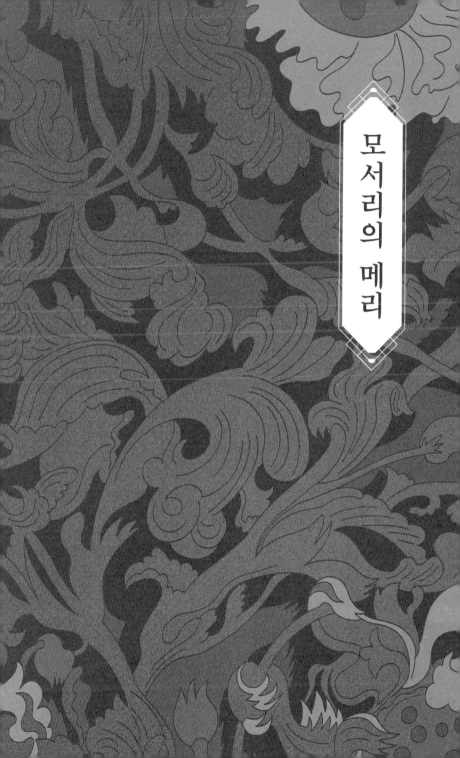

모서리의 메리

"사장님! 카페 개랑 사장님!"

블랙 미니푸들을 산책시키던 젊은 여자가 소리치며 다가왔
다. 세움 간판을 들고 막 카페 밖으로 나온 참이었다.

"오구구. 짱아야, 언니랑 산책 나왔어?"

나는 여자 손님에게 눈짓으로 인사하고 몸을 굽혀 짱아와
눈을 맞췄다. 짱아는 힘차게 꼬리를 흔들며 앞발을 세워 콩콩
뛰었다.

지난 일요일 여자 손님은 카페 개랑에 들러 짱아 간식을 잔
뜩 사 갔다. 육포와 쿠키를 종류별로 사 가며 이제 짱아 수제
간식을 어디서 사냐고, 남자친구와 짱아를 데리고 데이트할
때 어디에 가야 하냐고 아쉬워했다. 인스타그램에 폐업 예고
를 해둔 터라 지난 주말 카페 개랑은 작별 인사를 하러 온 단
골손님들로 가득 찼다. 말 그대로 인산인해였고 개판도 그런

개판이 없었다. 카페 개랑의 마스코트, 메리는 겁을 먹고 개집에 들어가 한 발짝도 나오지 않아서 손님들이 실망했다. 개와 사람으로 테이블은 만석이 됐고 대혼란이 벌어졌다. 성깔 있는 요크셔테리어가 비글의 귀를 물고 늘어졌고, 포메라니안은 꼬리에 불이라도 붙은 듯 가게 안을 전속력으로 300번쯤 돌았으며, 중형 믹스견과 시바견이 가만히 노려보고 있다가 갑자기 싸웠다. 카페 개랑의 마지막 주말은 그렇게 시간이 어떻게 가는지도 모르게 가서 장렬하게 끝났다. 끝나고 가게를 정리할 때는 비글이 한 100마리쯤 방 안에 들어왔다가 나간 기분이었다.

"오늘이 마지막 날이죠? 너무 서운해요, 사장님. 카페 개랑은 우리 애견인들의 핫플인데!"

나는 짱아를 품에 안아 들었다. 짱아같이 검은 개는 가까이 보아야 눈이 어디 있는지 알 수 있는 것이 몹시 귀엽다. 자기는 숨길 생각이 전혀 없는 맑고 무고한 눈. 정이 담뿍 들었다. 털에 뺨을 대고 오래오래 비볐다.

"저도 너무 서운해요. 그래도 이참에 좀 쉬려고요."

"제가 여기 '112신고떡볶이' 생기는지 안 생기는지 꼭 확인해서 알려드릴게요."

약이 오른 듯한 말투로 여자 손님이 말했다. 건물주가 이 자리에 프랜차이즈 분식집을 직접 차리겠다고 재계약을 거절한 걸 두고 하는 말이었다. 사람 하나 지나지 않던 골목에 가게를 내고 지난 5년간 열심히 일한 결과로 상권이 살아나니 벌어진 일이었다.

건물주의 계획이 사실인지 나도 궁금하긴 했으나 결과를 꼭 알고 싶지는 않았다.

여자 손님은 반려견 카페를 다시 개업한다면 꼭 인스타그램에 흔적을 남겨달라는 다짐을 받은 다음 짱아와 함께 떠났다.

서글퍼진 마음을 털어내고 카페에 들어가 바삐 몸을 움직였다.

남은 영업일을 계산해서 미리 만들어둔 강아지 간식을 꺼내 계산대에 진열했다. 닭 가슴살, 소 우둔살, 소 울대, 오리 목뼈, 돼지 귀 육포를 줄 맞춰 놓았다. 발효 채소, 고구마, 단호박, 건과일, 견과류 등을 섞어 만든 강아지용 쿠키도 배열했다. 강아지용 쿠키만 있는 게 섭섭하다고 해서 한때 반려인용 쿠키도 만들어 판 적 있었는데, 이내 접었다. 사람이 강아지용 쿠키를 먹는 건 해가 될 게 없지만 개가 사람 음식을 먹으면 탈이 난다. 자기 거 다 먹고 주인이 먹던 쿠키에 달려들어 삼켜버리는 극성스러운 놈들 때문에 사람 음식과 개 음식은 종류와 모양을 분명히 구분하기로 했다. 반려인과 반려견이 함께 음식을 먹으며 놀고 쉬는 장소라는 것이 카페 개랑의 콘셉트이긴 하지만, 개와 사람이 같은 음식을 먹을 수는 없었다.

상황 봐서 쿠키는 조금 더 구울 거고 강아지용 요거트와 사람용 티라미수는 어제 만들어둔 걸 내놓으면 된다. 브라우니를 굽고 주방을 정리하다 보니 오전 시간이 지나갔다.

커피를 한 잔 내려 손님 테이블에 앉았다. 쿠션에 엎드려 있는 메리와 눈이 마주쳤다. 하얀 바탕에 나를 지켜보는 검은 눈동자 두 개와 검은 코 하나. 메리가 몸을 일으켰다가 나를 더 잘 지켜볼 수 있는 방향으로 고쳐 누웠다.

"메리, 내일부터 우리 백수야."

메리가 고개를 들어 갸웃하더니 일어나 다가왔다. 몰티즈에 어떤 품종이 섞인 건지 알 수 없는 애매한 생김새의 메리. 유기견 구조 단체를 통해 입양해서 함께 산 지 올해로 7년째였다. 일반적인 몰티즈보다 주둥이는 짧고 군데군데 누르스름한 털이 섞여 있다. 몸뚱이는 소형견치고 좀 크다. 끝까지 몰티즈라고 우기면 그냥 넘어갈 수도 있고 아닐 수도 있겠는데, 크고 둥근 눈만은 영락없는 몰티즈의 눈이다.

메리가 바짝 다가와 나를 올려다봤다. 쓰다듬어주려고 손을 뻗으니 주홍색 혀를 내밀어 핥고는 머리를 내 손바닥에 들이밀었다. 신체가 맞닿은 곳에 포근히 전해지는 온기.

"그래, 메리. 우리 서로 말이 안 통하는 게 얼마나 다행인지."

양손으로 메리의 목덜미를 긁으며 중얼거렸다. 말이 통하지 않으면 오해가 쌓일 일이 없었고 우리 사이가 어려워질 일도 없었다. 눈빛과 온기가 모든 것을 설명했다. 잠시 메리가 주는 무언의 위안을 만끽하고 있는데, 등 뒤로 문이 열렸다.

"안녕하세요!"

밝고 큰 목소리에 메리가 뛰어가 기둥 뒤로 숨었다.

젊은 남녀 손님이었다. 여자 손님은 머리를 둥근 공처럼 미용한 비숑프리제를 품에 안고 있었다.

"어머, 이거 봐 자기야. 쿠키 너무 귀엽다."

여자 손님이 다양한 모양의 강아지용 쿠키를 둘러보며 신기해했다. 나는 진열대 안쪽으로 들어갔다.

"그런데요. 강아지에게 바나나는 안 좋지 않아요?"

여자 손님이 건과일 쿠키 중에 말린 바나나가 박혀 있는 걸 보고 물었다.

"아니에요. 간혹 그렇게 알고 계신 분들이 있는데, 과일은 포도 빼고는 아이들에게 다 좋다고 보시면 돼요. 특별히 신장 안 좋은 아이 아니면요. 바나나는 섬유질이 많아서 오히려 아이들 변비에 좋아요."

"그래요? 우리 구름이, 삼촌이 맛있는 거 사 줄까?"

남자 손님이 비숑프리제의 머리를 쓰다듬으며 쿠키를 네 개 골랐다. 사람용으로는 아메리카노와 카페라테를 한 잔씩 주문했다. 나는 강아지 발바닥 모양의 플라스틱 접시를 내주며 지금 먹일 쿠키는 이 접시에 담아 주라고 말했다. 커플은 무슨 쿠키를 뜯어서 먹일지 즐겁게 상의했다.

"어, 땅콩? 사장님, 애들 견과류 먹어도 괜찮나요?"

이번엔 남자 손님이 뼈다귀 모양의 쿠키 포장에 붙은 성분표를 읽고 물었다.

"조미 안 된 땅콩은 괜찮아요. 호두나 마카다미아는 안 되지만요. 강아지용 땅콩버터도 나오는걸요."

커플은 동시에 고개를 끄덕이고는 자리를 잡고 앉았다. 남자 손님이 기둥 뒤에 숨어 머리를 빼꼼 내민 메리를 보고 외쳤다.

"저기 봐. 모서리의 메리다!"

"응? 어디?"

여자 손님이 돌아보자 메리는 머리를 숨기고 개집으로 달아났다. 커플이 까르르 웃었다.

"우리 메리를 아세요?"

나는 주문한 음식을 갖다주며 물었다.

"네, 인스타에서 봤어요! 사람들이 남긴 후기도 보고. 모서리에서 머리만 내밀고 있어서 모서리의 메리라면서요?"

메리의 딜레마.

겁이 많으면 호기심이 없든지 호기심이 많으면 겁이 없든지 해야 할 텐데 둘 다 많은 것이 메리의 딜레마였다. 유기된 경험 때문인지 겁이 많고 소심하지만 사람을 싫어하지는 않는다. 오히려 새로운 사람에 대한 관심이 꽤나 있다. 그래서 손님이 들어오면 몸은 기둥 뒤로 숨긴 채 모서리로 슬그머니 고개만 내밀어 관찰한다. 저 사람이 좋은 사람인지 아닌지, 나를 해칠 사람인지 아닌지.

손님들이 그런 모습을 보고 '모서리의 메리'라는 별명을 붙여줬다.

"참, 그런데 곧 문 닫는다면서요?"

여자 손님이 물었다. 오늘이 바로 그 마지막 날이라고 하자 커플은 놀라며 아쉬워했다. 구름이라는 이름의 비숑프리제가 여자 손님이 잘게 부숴 접시에 올려주는 쿠키를 맛있게 먹었다. 자신을 향한 관심이 줄어들었다고 느꼈는지 메리가 다시 모서리에서 슬그머니 고개를 내밀었다. 남자 손님이 여자 손님과 대화를 나누는 척하며 메리를 휴대전화 사진에 담는 데 성공했다. 커플은 사진에 담긴 메리의 눈빛이 너무 착해 보인다는 말을 주고받으며 예쁘게 머물다 갔다.

낮 동안 평소보다 많은 손님이 다녀갔다. 커플 손님처럼 처음 온 손님도 있었지만 대부분 마지막 인사를 나누러 온 단골들이었다. 케이크나 양말 같은 이별 선물을 주는 손님도 있었다. 저녁 장사에 대비해 쿠키를 조금 더 구웠다. 발효 채소와 생과일과 함께 나가는 강아지용 요거트는 낮에 다 바닥이 났다.

오후에 세 시간 브레이크 타임을 갖고 다시 문을 열었다. 저녁 손님들에게 선물로 줄 쿠키와 육포를 포장하던 중 손님이 들어왔다.

"안녕하세…… 앗, 타미! 안 돼!"

보기도 전에 임기숙 씨라는 걸 알았다. 닥스훈트 '타미'가 기숙 씨의 품을 빠져 나와 카페를 활보했다. 타미는 커다란 미꾸라지처럼 테이블과 의자 다리 사이를 획획 빠져나가며 종횡무진 하더니 메리를 발견하고 돌진했다. 죽어라 도망가는 메리를 쫓는 타미의 뒤를 기숙 씨가 쫓았다. 타미가 메리의 물그릇에 긴 주둥이를 박고 쩍쩍거리는 소리를 내며 물을 먹었다. 기숙 씨가 물 먹는 타미를 향해 몸을 던졌고 타미는 가볍게 피했다. 타미는 다음으로 주방 조리대를 목표로 내달렸다. 나는 포장하려고 들고 있던 쿠키를 내밀었다. 경험으로 익힌 대응 방법이었다. 타미가 쿠키를 우적거리는 사이 드디어 기숙 씨가 타미를 안아 올리는 데 성공했다.

나와 기숙 씨는 동시에 안도의 한숨을 쉬었다.

뭐지 이 데자뷔는?

타미가 등장할 때마다 비슷한 상황이 몇 번 반복된 것 같았다.

"죄송해요. 애가 마지막까지 정말……."

기숙 씨가 붉어진 얼굴로 중얼거렸다.

기숙 씨는 개업 초기부터 왔던 동네 단골이었다. 타미와 함께 처음 방문했을 때 카페에 카드 지갑을 놓고 가서 찾아준 적이 있었는데, 그때 지갑에 끼워둔 명함을 보고 이름을 알게 됐다. 서행물산이라는 무역회사에 다녔고 직책은 과장이었다. 오래 쓴 빗자루같이 부스스한 단발머리와 항상 조금씩 미안해하는 듯한 어리숙한 표정이 기숙 씨의 특징이었다. 산만하고 활력이 넘치는 타미 때문에 매번 곤란을 겪으면서도 끈질기게 사랑하며 돌보는 걸 보면 천상 타미와는 운명으로 맺어진 사이라고 봐야 했다. 해 질 무렵이면 가게 유리문 밖으로 기숙 씨가 타미를 산책시키는 모습이 자주 눈에 띄었다. 산책을 시킨다기보다는 타미에게 끌려가지 않으려고 버티는 모양새이긴 했지만.

"불안이 개로 태어난 거죠, 뭐."

기숙 씨와 타미를 처음 만난 날, 타미를 보고 메리처럼 정말 사람을 좋아하는 아이 같다고 말하자 기숙 씨가 대뜸 내뱉은 말이었다.

"네?"

기숙 씨의 말투가 너무 음산해서 되물었다.

"불안은 영혼을 잠식해요. 사람도…… 개도…… 종을 초월해서. 불안은요. 존재의 안식을 빼앗죠……."

음침한 표정에 가라앉은 목소리. 만화였다면 배경에 먹구름이 잔뜩 깔려 있을 법한 분위기였다.

나는 할 말을 잃었다.

몇 초나 지났을까. 기숙 씨는 꿈에서 깬 듯 눈을 몇 번 끔뻑거리더니 외쳤다.

"앗. 내가 또 아무 말을! 저기, 사장님. 뭐라고 하셨죠?"

"네? 음. 저…… 아이가…… 사람을 참 좋아하는 것 같다고……."

"아! 맞아요. 그래요. 좋아하는데, 불안도가 높아서 그런 거죠. 그러니까 얘가 분리불안이 심해요. 그래서 절대 혼자 못 두고요. 제가요, 얘를 혼자 키우는 데 말이죠. 출근할 때 강아지유치원 맡겼다가 방금도 퇴근해서 찾아온 거고요. 음…… 그러니까 제가 하려고 했던 말은……."

기숙 씨는 중언부언하면서도 빠르게 말을 쏟아냈다.

"혼자 있는 것에 대한 공포가 심하다 보니, 사람과 같이 있을 때의 기쁨도 너무 과한 거죠. 병적으로요. 주체를 못 하는 거예요. 아, 그렇다고 제가 지금 사장님께 뭐라고 한 건 절대 아닌 거거든요."

그때 기숙 씨는 모서리의 메리를 발견했다.

"아, 쟤 이름이 메리예요? 아…… 예쁘네요. 너무 순하다. 개가 저렇게 순할 수도 있구나. 짖지도 않고. 아마 분리불안도 없겠죠……"

당시에는 조금 이상한 사람인가 싶었다. 나중에 기숙 씨가 자신이 어떤 생각에 골똘히 빠져 있으면 몇 단계를 뛰어넘은 말을 불쑥 던지는 습관이 있다고 털어놨을 때 이해했다. 반려견의 분리불안으로 인한 고통과 불안이라는 감정의 속성에 대한 과몰입이 초면의 카페 사장에게 엉뚱한 말을 하게 만든 거구나.

"우리 회사도요. 비로소 유연 근무제가 정착이 됐죠."

아니나 다를까, 기숙 씨는 자리에 앉으며 또 '불쑥'했다. 진지한 표정이었다.

"네?"

기숙 씨 손아귀에 꽉 잡힌 타미는 혀를 가슴까지 늘어뜨리고 헉헉거렸다.

"아, 그러니까. 오늘이 카페 개량 마지막 날이니까. 제가 오늘 유연 근무를 하고 일찍 퇴근하고 왔다는 말이에요."

"아, 네."

순간 타미가 컹, 하고 짖었다. 놀라서 흠칫 물러섰다. 목청이 어찌나 큰지 매번 들을 때마다 놀랐다.

"평소라면 제가 이 시간에 못 오잖아요. 하하."

기숙 씨는 타미의 주둥이를 손으로 감싸 쥐고 어색하게 웃었다.

"네, 감사해요. 덕분에 타미도 마지막으로 이렇게 볼 수 있고요."

좀 야단스럽기는 했지만 타미는 사랑스러운 강아지였다. 세상에 나쁜 개가 어디 있으랴.

기숙 씨는 유자에이드와 티라미수와 말린 소 울대뼈를 주문했다.

얼음을 가득 채운 유리컵에 탄산수와 유자청을 섞어 넣고 애플민트를 한 잎 올렸다. 냉장고에서 티라미수를 꺼내 한 주걱 떠서 우묵한 디저트 그릇에 담고 표면에 초콜릿 가루를 솔솔 뿌렸다. 내가 직접 만든 티라미수는 카페 개량의 인기 메뉴였다. 다 먹으면 배부를 만큼 항상 양껏 담아 내갔다. 말린 소 울대뼈는 개 발바닥 모양의 접시에 봉지째 담았다.

음식을 갖다주고 기숙 씨와 이런저런 대화를 나눴다.

타미는 딱딱한 소 울대뼈를 잘도 씹어 먹었다.

"얘가 마음만 먹으면 제 손가락쯤은 금방 분질러먹을 수 있을 거예요."

기숙 씨가 말했다. 타미의 하얗고 튼튼한 송곳니를 보면 능히 그럴 성싶었다.

"그런데요. 그러지 않는 게 얼마나 착해요?"

기숙 씨는 환하게 웃으며 타미의 궁둥이를 툭툭 쳤다.

그래. 사랑하기로 마음먹으면 모든 면이 다 놀랍고 기특한 법이다.

손님들이 몰려왔다. 5년 동안 얼굴과 성격을 익히고 친숙해진 견공들도 왔다. 같은 종이라 해도 나는 각각을 다 구분할 수 있었다. 손님들끼리도 강아지들끼리도 서로 인사를 나눴다. 메리도 오랜 친구와는 조심스레 코를 킁킁대며 알은 체를 했다.

이런 풍경이 그리워질 거란 생각이 들었다.

지난 5년간 참 다양한 반려인들과 반려견들을 알아왔구나.

많이 지친 줄 알았는데, 나는 나의 일을, 이 공간을, 이곳을 찾는 사람들과 개들을 많이 좋아했던 모양이다.

한 명 한 명, 한 마리 한 마리 떠날 때마다 그들의 모습을 눈에 담았다.

"사장님, 저 갈게요."

한 시간쯤 머물렀을까, 기숙 씨가 자리에서 일어났다. 나는 그사이 조금은 차분해진 타미의 머리를 쓰다듬으며 앞으로 행복하게 잘 살아야 한다고 속삭였다. 기숙 씨에게 쿠키와 육포 선물도 안겨줬다.

"참, 그런데요. 사장님."

기숙 씨가 막 떼려던 발을 멈추고 말했다. 기숙 씨는 말을 망설이며 입술을 우물거렸다.

"음…… 혹시요. 그 손님은 안 왔어요?"

기숙 씨는 탐색하는 눈으로 가게 내부를 훑었다. 손님 세 팀이 테이블에 앉아 있었다.

"누구요?"

"저기, 전에 저 있을 때요. 싸우고 나갔던 그 커플……."

기숙 씨가 목소리를 낮추고 소곤거렸다.

"왜 그때 얘가요. 그 테이블에 있던 쿠키 막 뺏어 먹었는데……."

기숙 씨는 품에 안은 타미를 향해 턱짓을 했다.

"아아, 서연 씨요. 줄리 보호자 말하는 거죠?"

서연 씨는 긴 머리에 눈이 크고 미소가 예쁜 여자 손님이었다. 줄리는 서연 씨의 부모가 본가에서 키우는 시츄의 이름이라고 했다. 새끼 때부터 키웠는데 독립하면서 떨어져 지내게 됐다고 서연 씨는 줄리의 사진을 보여주며 애달파했다. 본가가 워낙 멀어 자주 못 만나는 대신 서연 씨는 카페 개랑을 찾아오는 다른 반려견들을 보며 대리 만족을 얻는다고 했다. 서연 씨처럼 직접 개를 키우진 않지만 다른 개들을 보며 위안을 받으러 카페 개랑을 찾는 손님이 몇 있었다.

서연 씨는 항상 남자친구와 같이 왔다. 남자친구가 이름을 부르는 걸 듣고 '서연' 씨라는 걸 알게 됐다. 남자친구는 20대로 보이는 서연 씨보다 열 살 이상은 연상으로 보였다. 작은 얼굴에 한쪽 입꼬리가 위로 올라간 것이 냉소적인 인상이었다. 항상 서연 씨가 즐겁게 떠들며 말을 붙이고 남자친구는 점잖게 듣는 편이었다. 주문도 늘 서연 씨가 도맡아 했다. 서연 씨는 알러지가 있는 재료가 있을지 모른다며 새로운 메뉴를 시킬 때면 성분을 꼼꼼하게 물었다. 그리고 줄리를 만날 때 주겠다며 강아지 간식을 꼭 하나씩 샀다. 고등학생 때부터 키웠다는 줄리를 끔찍이 사랑하는 것 같았다. 남자친구는 내가 만든 티라미수가 입에 맞는지 늘 티라미수를 시켜 먹었다. 서연 씨는 방실방실 웃으며 티라미수를 먹는 남자친구에게 끊임없이 말을 걸었다. 애교 넘치는 목소리였다.

"네. 그때 사람 아무도 없을 때 이놈이…… 아휴, 난리였잖아요."

기숙 씨의 말에 그날의 풍경이 훤히 그려졌다.

저녁 시간이었고 카페 개량은 그날따라 꽤 한산했다. 손님은 서연 씨 커플과 기숙 씨뿐이었다. 당시 낮에 일하던 아르바이트 직원도 퇴근하고 나 혼자 가게를 보고 있었다.

서연 씨 커플은 음료 두 잔과 티라미수, 강아지용 쿠키 한 개를 주문했다. 기숙 씨는 자몽에이드에 강아지용 요거트를 주문했던 것 같다. 타미는 눈 깜짝할 사이에 요거트를 싹싹 핥아 먹고는 혹시 더 먹을 것이 없는지 간절한 눈으로 기숙 씨를 쳐다보며 눈빛 공격을 시작했다.

그날 서연 씨 커플은 평소와 달랐다. 음식을 주문할 때만 해도 쾌활했던 둘의 분위기가 자리에 앉아 이야기를 나누면서부터 싸늘하게 바뀌었다. 무거운 분위기에 나는 아예 말을 붙일 생각도 하지 않았다. 소소한 가게 일들을 처리하느라 손님과 얘기를 나눌 시간이 없기도 했다. 설거지를 했고 쿠키와 육포를 비닐 포장지에 넣어 포장했다. 마침 쓰레기를 수거해 가는 날이었다. 재활용 쓰레기와 음식물 쓰레기를 묶어 내다 놓는 김에 밖에서 사적인 통화를 몇 통 했다. 친구와 한 마지막 통화가 생각보다 길어져 빠른 걸음으로 뒷문을 통해 카페에 들어왔을 때였다.

서연 씨 커플은 자리를 뜨고 없었다. 타미가 서연 씨가 앉아 있던 의자에 올라가 테이블에 앞다리를 올린 채 쿠키를 우적거리고 있었다. 그날 서연 씨가 샀던 뼈다귀 모양의 쿠키였다.

"타미! 안 돼!"

내가 카페에 들어오는 것과 거의 동시에 화장실에서 나온 기숙 씨가 그 모습을 보고 달려갔다. 기숙 씨는 타미의 긴 허리를 잡아당겨 테이블에서 떼어놓으려 했다. 순순히 물러날 타미가 아니었다. 끌려가지 않으려 버티며 타미는 테이블에 흩뿌려져 있는 쿠키 부스러기를 핥으려고 긴 혀를 날름거렸다.

"타미야!"

나도 합세했다. 카페 전면 창으로 서연 씨의 남자친구가 다가오는 모습이 보였다. 맞은편 의자에는 남자친구의 재킷이 아직 걸려 있었다. 옆 테이블 사람들이 잠시 자리를 비우고 기숙 씨도 화장실에 간 사이 타미가 옆 테이블의 음식을 습격한 것이었다.

"죄송합니다. 제가 화장실 간 사이에…… 얘가 쿠키 보고 눈이 돌아서요. 죄송해요. 죄송해요. 정말 죄송합니다."

기숙 씨가 서연 씨 남자친구를 향해 방아깨비처럼 허리를 숙이며 사과의 말을 늘어놓았다. 타미는 채 마무리하지 못한 쿠키 부스러기에 미련이 남았는지 기숙 씨 손에 잡힌 상태로 테이블을 향해 고개를 쭉 빼고 버둥거렸다.

서연 씨 남자친구는 방금 벌어진 사태에는 별반 감흥이 없는 듯했다. 남자친구는 의자 등에 걸쳐놓은 재킷을 집어 손에 들고 손가락으로 맞은편 의자를 가리켰다.

"갔습니까?"

나와 기숙 씨의 시선은 서연 씨가 앉아 있던, 지금은 비어 있는 의자로 향했다.

"제가 화장실에 갈 때만 해도 계셨는데요……."

기숙 씨가 수그러드는 목소리로 말했다.

서연 씨 자리에는 소지품이 남아 있지 않았다. 역시 싸운 거였나. 남자친구가 먼저 잠시 밖에 나간 사이 말없이 가버린 것 같았다. 서연 씨 남자친구는 재킷을 입고 훌쩍 카페를 떠났다.

"그러고 보니……."

말하면서 나는 동시에 걱정이 되었다.

"그 뒤로 줄리 보호자분이 온 적이 없는 것 같아요."

벌써 두어 달 전에 벌어진 사건이었는데, 그날 이후 서연 씨는 남자친구와 함께든 혼자든 카페 개랑을 찾은 적이 없었다. 그렇게 둘은 헤어지고 만 걸까. 카페 개랑이 문을 닫는다는 소식을 듣고 한번 들를 법도 한데 역시 이상하다는 생각이 들었다.

"이 자리였죠. 아마?"

기숙 씨는 그날 서연 씨가 앉았던 의자에 털썩 앉았다. 그날 일을 재연해보기라도 하려는 듯이.

복잡한 생각이 오가는 듯한 표정, 또 금방 '불쑥'할 것 같은 표정이었다.

"……걱정되세요?"

너무 염려하는 표정으로 오랫동안 말이 없기에 슬그머니 물었다.

"흠…… 엿들으려고 했던 건 아닌데요. 그날 두 분 대화하는 걸 조금 들었거든요. 여자분이 임신을 했다고 말했는데 남자분은 헤어지자는 것 같았어요……. 아, 그런데요. 제가 걱정되는 건…… 그러니까요. 그날요. 타미가 쿠키를 부순 게 아니거든요?"

"네?"

"부서져 있었어요."

영문 모를 말을 내뱉고 기숙 씨는 멍하니 앞을 보았다.

기숙 씨의 눈길을 따라가니 정면 기둥 모서리에 툭 나와 있는 메리의 머리가 보였다. 메리는 빛나는 검은 눈으로 기숙 씨를 쳐다보았다. 순진무구한 메리의 눈과 기숙 씨의 눈이 마주쳤다. 메리는 기숙 씨 품에 안긴 타미를 힐끔거리고 다시 기숙 씨를 올려다보았다. 카페 개랑의 마스코트. 모서리의 메리가 마지막 할 일을 하는 중이었다.

"아아……."

기숙 씨가 신음 같은 감탄사를 흘렸다.

뭐지?

나는 기숙 씨의 표정을 보고 갸웃했다. 기숙 씨는 복잡한 문제가 단박에 이해됐다는 듯 입을 떡 벌리고 고개를 끄덕거렸다. 메리는 여전히 모서리에 머리를 내밀고 기숙 씨를 바라보고 있었다.

"그래…… 그랬던 건가……."

기숙 씨가 중얼거렸다.

뭐야? 뭘 혼자 납득해버린 거지? 기다리고 있으면 말해주려나. 서연 씨 커플의 어떤 점이 그렇게 걱정이 되는지, 쿠키가 부서져 있었다는 말이 무슨 뜻인지, 뜬금없이 왜 메리를 보며 다 이해했다는 듯한 표정을 지은 것인지.

"사장님! 테리 왔어요!"

문이 열리고 베들링턴테리어 '테리'와 테리의 보호자인 동네 미용실 사장 부부가 들어왔다.

"걱정 마세요. 사장님. 무슨 일이 벌어질 수도 있었는데……

다행히 안 벌어진 것 같아요. 잊어버리세요. 결과적으로 아무 일도 없었으니까.”

무슨 뜻인지 물을 새가 없었다. 테리가 사슴처럼 뛰어와 내게 안겼다. 나는 대형견의 묵직한 포옹을 받으며 쓰러지지 않으려 허리에 힘을 주었다.

기숙 씨는 타미를 품에 추켜올려 안고 발걸음을 총총거리며 카페를 떠났다.

“저녁이라 커피를 마시긴 그렇고…… 뭐 마실래 자기야?”

미용실 사장 부부의 아내가 남편을 보며 물었다. 남편은 테리의 입에 장난감을 물리고 손으로 잡아당기는 중이었다. 테리가 장난감을 깊게 물고 앞발을 뻗어 버텼다. 테리가 휙휙 꼬리를 치는 곳에 바람이 불었다.

주문을 입력하려 포스기 앞에 선 나는 기시감에 고개를 갸웃했다.

서연 씨는 낮이건 저녁이건 늘 따뜻한 아메리카노를 마셨다. 커피를 좋아하는지 리필을 해서 두 잔씩 마시고 가는 경우도 흔했다.

그날은 그러지 않았다.

“저희 따뜻한 아메리카노 하나랑…….”

서연 씨는 한 발짝 물러서 있는 남자친구를 돌아보며 말을 이었다.

"참! 나 커피 안 되는데. 그냥 레모네이드나 마실까. 오빠 는?"

남자친구는 평소처럼 뜨거운 아메리카노에 티라미수를 주 문했다. 서연 씨는 레모네이드와 자몽에이드와 유자에이드 중 에서 무엇을 마실지 고민하며 남자친구에게 자기가 뭘 마시면 좋겠는지 물었다. 남자친구는 시큰둥하게 아무거나 마시라고 말했고 서연 씨는 몇 차례 망설이다가 레모네이드로 결정했다.

생각할수록 그날 서연 씨 커플은 평소와 많이 달랐다.

저녁 손님들을 응대하고 강아지들과 인사를 나누면서도 서 연 씨 생각이 꼬리에 꼬리를 물고 머릿속을 떠나지 않았다. 기 숙 씨가 남기고 간 숙제 같은 불안감을 계속 품은 채로 손님 이 먹고 간 테이블을 치웠다. 빈 머그잔과 디저트 그릇과 강아 지용 플라스틱 그릇과 사용하고 버린 냅킨과 빈 비닐 포장지 를 쟁반에 담았다. 행주로 테이블을 훔치다 말고 나는 쟁반에 서 비닐 포장지를 집어 들었다. 강아지용 쿠키 포장지였다.

나는 쿠키를 비닐 포장지에 넣고 주름을 잡아 접은 입구를 제빵용 철사끈으로 묶어 팔았다. 맘먹고 앞발로 잡고 이빨로 갈기갈기 물어뜯지 않는 이상 개가 비닐 포장을 간단히 뜯어 쿠키를 먹을 수는 없었다. 그날 타미가 비닐 포장을 그런 식으로 벗겨낸 흔적은 없었다.

그날 서연 씨는 왜 쿠키를 포장지에서 꺼낸 것일까?

서연 씨는 본가에 있는 줄리를 주려고 강아지 간식을 샀다. 그런데 왜 포장지에서 쿠키를 꺼내 테이블에 놓아두고 간 것일까. 옆 테이블의 타미를 주려고 했다면 건네주고 가면 그만이다.

'그날요. 타미가 쿠키를 부순 게 아니거든요.'

아까 전 기숙 씨가 한 말이 떠올랐다.

'부서져 있었어요.'

그날 테이블에는 쿠키 부스러기가 많이 떨어져 있었다. 개가 될 수 있으면 오래 씹어먹을 수 있도록 나는 강아지용 쿠키를 두툼하고 단단하게 만들었다. 아무리 그악스럽게 달려들어 씹었다고 해도 타미가 씹는 과정에서 그렇게 많은 부스러기가 생길 리는 없었다. 쿠키 부스러기는 거의 가루가 되어 있었다. 사람이 손으로 잘게 떼어내고 으깨서 가루로 만든 것 같았다.

그날 서연 씨는 남자친구와 싸웠다. 싸우고 자리를 비운 남자친구가 미운 마음에 줄리를 주려고 산 쿠키를 꺼내 손으로 잘게 부수며 감정 풀이를 한 것일까? 그러다 남자친구가 돌아오기 전 벌떡 일어나 카페를 떠나버린 것일까.

'여자분이 임신을 했다고 말했는데 남자분은 헤어지자는 것 같았어요.'

그날 서연 씨 커플의 대화를 엿들었던 기숙 씨가 무심코 남긴 말.

그게 이 왠지 모를 불안감의 원인인 건 분명했다.

마지막 손님이 떠났다. 나는 주방을 정리하고 바닥 청소를 시작했다. 카페 개랑의 영업이 드디어 끝났다. 완전한 끝을 찍으니 한편으로 마음이 후련했다.

냉장고에 남아 있는 음식을 꺼내 아이스박스에 담고 있을 때였다. 문이 열리는 소리가 들렸다. 이 시간에 누가 왔을까 생각하며 뒤돌아보았다.

"아…… 안녕하세요."

젊은 여자였다. 여자는 어깨에 멘 가방끈을 만지작거리며 조심스러운 말투로 인사를 건넸다.

"누구? 아니, 줄리 보호자님 아니세요?"

서연 씨였다. 머리 스타일이 변해 못 알아볼 뻔했다. 긴 머리를 단발로 잘라 펌을 했다. 무엇보다 늘 둘이 오던 사람이 혼자 온 것이다.

서연 씨가 왔구나. 기숙 씨가 왔다 간 뒤로 서연 씨 생각이 내내 머릿속을 떠나지 않았는데 그런 생각이 서연 씨를 불러 온 것 아닌가 하는 느낌까지 들었다.

"저기, 카페 끝났죠?"

"아, 네."

오늘의 영업이 끝난 것뿐 아니라 카페 개랑의 영업은 완전 히 끝났다.

"그냥 갈까 하다가…… 마지막으로 인사나 드리고 싶어서 요."

서연 씨가 옅게 웃었다. 반갑고 고마운 마음, 무엇보다 안도 감이 왈칵 몰려왔다. 머리가 달라져서 못 알아볼 뻔했다고, 요 즘 왜 통 안 오셨냐고 말하며 다가가 맞았다.

"메리야."

서연 씨가 메리를 보고 다가가 쪼그려 앉았다.

메리는 기둥 뒤로 한번 머리를 집어넣었다가 다시 내밀고 서연 씨를 보았다.

서연 씨가 조심스럽게 손을 내밀었다.

메리가 나와 서연 씨를 번갈아 보며 괜찮을지 눈치를 살피더 니 기둥 뒤에서 나와 터벅터벅 다가왔다. 서연 씨는 조용히 메 리에게 시간을 주었다. 메리가 서연 씨의 손끝을 킁킁거렸다.

서연 씨가 손을 뻗어 메리의 머리를 부드럽게 쓰다듬었다.

메리는 도망가거나 움츠리지 않고 가만히 서연 씨의 손에 몸을 맡겼다.

"항상 모서리에는 메리가 있었는데. 그렇지? 모서리에 항상 메리가 있어줘서……."

서연 씨가 울컥한 듯 말을 끊었다.

"……고마웠어. 메리야."

서연 씨는 일어서며 핸드백 앞 주머니에서 무언가 꺼내 내게 내밀었다.

"받으세요, 사장님. 이거 드리고 싶어서 왔어요."

하늘색 편지봉투였다. 편지지가 두툼하게 채워진 듯 두께감이 느껴졌다. 작은 선물과 함께 카드를 건네는 손님은 있었지만 이렇게 본격적으로 편지를 써서 주는 경우는 없어서 당황스러웠다. 나는 아이스박스에 챙겨 넣은 쿠키와 육포 남은 것을 줄리에게 갖다주라며 서연 씨에게 주었다. 서연 씨는 처음 들어올 때처럼 옅게 웃으며 떠났다.

모든 정리를 마치고 카페 불을 끄고 나가기 전, 나는 테이블에 앉았다. 메리가 발치에 다가와 코끝으로 내 발을 툭툭 건드렸다. 나는 메리를 무릎에 올렸다.

나는 천천히 봉투를 뜯고 편지지를 꺼내 펼쳤다.

안녕하세요. 카페 개랑 사장님.

제 편지를 받고 놀라셨을 것 같아요. 이렇게 부담스러운 작별 인사라니,라고 생각하실 듯합니다.

저도 많이 망설였습니다.

하지만 역시 이 말을 하지 않고서는 그날 제게 일어났던 일이 정리되지 않을 것 같아요. 그리고 사장님께서 문을 닫고 여기를 떠나신다고 하니까요, 용기가 생겼습니다. 제 부끄러운 고백을 전해드리고 사장님과는 이별을 할 수 있을 테니까요. 너무 이기적이어서 죄송합니다.

제 이름은 한서연입니다. 항상 같이 왔던 남자친구와는 1년 반 정도 사귀었죠. 그 사람은 아내가 있는 사람이었어요. 그 사람이 곧 아내와 헤어질 계획이라고 해서 만났는데 약속은 차일피일 미뤄졌고 저는 불안했죠. 드라마에 나오는 그렇고 그런 불륜녀가 되고 싶지 않았거든요.

저는 그날 임신했다는 거짓말을 하며 그 사람의 마음을 떠보기로 마음먹었습니다. 결판을 내고 싶었어요. 카페 개랑에 와서 평소처럼 커피를 시키지 않고 레모네이드를 시키며 유난을 떨었죠. 그 사람 들으라는 듯이요. 눈치를 못 챈 건지 채고도 모른 척한 건지 그 사람은 반응하지 않더군요.

그래서 자리에 앉아 말했어요. 나 당신의 아이를 임신한 것 같다고요.

그때 그 사람이 지은 표정을 저는 아직도 잊을 수가 없습니다.

낭패도 이런 낭패가 없다는 듯한 표정, 감언이설을 늘어놓으며 한없이 다정하게 굴던 그 감정이 한순간에 싸늘한 멸시로 변해버린 듯한 그 표정을 말이죠.

"아니길 바라는데, 맞다면 어서 조치를 취해야겠네."

그 사람은 차갑게 말을 내뱉고 이별을 선언했습니다.

저는 머릿속에서 폭탄이 터지는 것 같고 아무 소리도 들리지 않는 상황인데, 그 사람은 우리가 헤어져야 하는 이유를 줄줄 읊었어요. 임신을 빌미로 마음 떠난 남자의 발목을 잡는 것이 얼마나 비열하고 유치한 수법인지 잘 알지 않느냐고도 했습니다.

"너 쿨한 여자잖아?"

그리고 업무상 중요한 통화를 해야 한다며 저를 혼자 두고 카페를 나가버렸습니다.

저는 혼자 남겨졌습니다. 마침 사장님도 카페를 잠시 비우셨고, 옆 테이블에 앉아 있던 닥스훈트, 이름이 타미라고 했던가요. 타미의 보호자도 화장실에 갔지요.

오직 저 혼자뿐이었습니다.

저는 그날 줄리를 주려고 산 뼈다귀 모양의 쿠키를 비닐 포장지에서 꺼내 손으로 부수기 시작했습니다. 쿠키 포장지에 붙은 성분표를 문득 본 거지요. 땅콩이 들어 있더군요.

그 사람에게는 심각한 수준의 견과류 알러지가 있습니다. 낯선 장소에 갈 때는 아나필락시스 주사약을 가지고 다닐 정도죠. 조그만 땅콩 부스러기만 먹어도 쇼크를 일으킬 수 있다더군요. 무심코 먹은 음식에 견과류 가루가 들어 있는 바람에 죽음 가까이 갔다가 겨우 살아난 적도 있다고 들었어요.

저는 그 사람을 죽이기로 결심했습니다. 땅콩이 들어 있는 쿠키를 가루로 만들어 그 사람이 먹다 만 티라미수에 넣고 섞어버리면, 잘하면 그 사람이 죽을 수도 있겠지 싶었습니다. 쇼크가 일어나도 되도록 아무 조치도 하지 않고 아나필락시스라는 것도 말하지 않고 아무것도 모르는 척 바보처럼 옆에 서 있으면서 시간을 질질 끌다 보면 그사이 죽어버리겠지. 그런 생각을 하며 손으로 쿠키를 잘게 부수고 으깨 가루로 만들고 있자니 마음이 묘하게 차분해지면서 당장 해야 할 일에 집중하게 되더라고요.

쿠키 가루를 티라미수에 넣기 위해 팔을 뻗었을 때였습니다.

기둥 뒤에서 메리가 고개를 내밀고 저를 살그머니 올려다보았습니다. 저와 메리의 눈이 정면으로 마주치고 말았지요.

어쩐지 그날따라 저의 눈을 피하지 않는 까만 눈.

내가 지금 뭘 하고 있는 거지?

철컥하고 감정에 브레이크가 걸리는 느낌이었습니다. 메리는 겁이 나는 것 같았습니다. 그래도 내가 좋은 사람이기를, 다정한 사람이기를 바라며 나를 살펴보는 시선을 거두지 않았습니다. 메리의 그 까만 두 눈이 공중에 뻗은 내 손을 지긋이 말려 제자리에 갖다 두었어요.

메리의 그 시선을 받으면서 나쁜 짓을 할 수는 없었습니다. 가까스로 하지 않을 수 있었어요.

사장님, 그날 메리는 저를 살렸습니다.

그 순간 메리가 그 자리에서 저를 봐주지 않았다면 어떻게 되었을까요. 제 마음이 만든 지옥이 제가 떨어지기를 기다리며 크게 입을 벌리고 있었던 그때에 제가 성공해버렸더라면요. 어떻게 되었을까요?

메리에게, 사장님께 고맙다는 말을 꼭 하고 싶었습니다.

사장님과 메리, 모두 행복하길 바라요. 카페 개랑에서 모서리의 메리가 파멸에 이르기 직전의 누군가를 구한 적이 있다는 사실을 떠올린다면 사장님도 앞으로 힘이 나실지 모르겠습니다. 저도 잘 살아가겠습니다. 비슷하게 어리석은 짓은 또 하지 않을 거예요. 정말 감사했습니다.

앉은 자리에서 편지를 두세 차례 읽었다. 읽을수록 그날 카페 개량에서 무슨 일이 일어났던 것인지 모조리 이해가 됐다.

내가 쓰레기를 버리고 친구와 통화를 할 동안 그런 일이 있었다니!

그날 있었던 일, 그리고 오늘 기숙 씨가 카페에 오면서부터 생겨났던 의문들이 하나씩 떠오르며 조르륵 연결됐다.

무릎에 앉아 있던 메리가 고개를 한쪽으로 꼬고 내 얼굴을 쳐다보았다. 나는 양손으로 메리의 머리를 잡고 메리의 이마에 내 이마를 맞댔다.

따뜻했다.

"메리. 너는 좋은 사람을 알아보는 능력이 있구나."

메리가 내 코끝과 입술을 핥았다. 메리와 함께 있으면 나도 좋은 사람이 될 수 있을 것 같은 기대감이 들었다.

희망이 차오르며 미래가 그다지 두렵지 않았다.

"그런데……."

나는 고개를 갸웃했다.

"기숙 씨는 어떤 사람일까?"

기숙 씨는 그날 무슨 일이 벌어질 수도 있다는 걸 알았고, 그러나 벌어지지 않았다는 것도 알았다.

"신기하다. 어떻게 알았을까, 메리야?"

메리도 모르겠다는 듯 고개를 양쪽으로 갸웃했다.

나는 한동안 서연 씨의 편지를 손에 꼭 쥔 채로 기숙 씨의 추리를 추리했다.

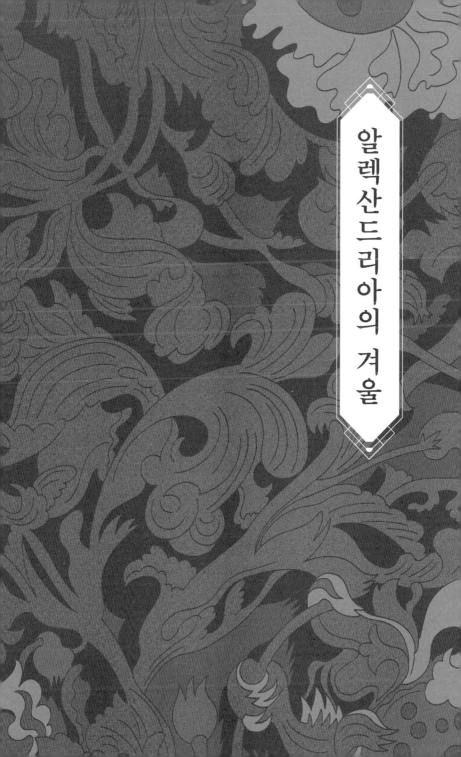

알렉산드리아의 겨울

1

용의자의 이름은 김윤주, 열여덟 살이었다. 이규영 형사는 아찔한 기분을 침과 함께 삼켜 넘기고 진술녹화실 문을 열었다. 등 뒤로 응원하는 동료들의 기운이 느껴졌다. 용의자가 10대 여성 청소년이라는 이유로 논의하고 말고 할 것도 없이 이규영이 피의자 신문을 맡기로 결정됐다. 지금 온 국민의 눈과 귀를 집중시키고 있는 사건이 젊은 형사 이규영에게 달려 있었다. 긴장감과 부담감, 사건이 가진 무게에 등이 뻐근하게 당겨왔다.

책상에 한 팔을 길게 뻗고 엎드려 있던 김윤주가 몸을 일으켰다. 둔하게 게으른 몸집에 게으른 눈빛이었다. 젖살이 통통하게 찐 얼굴이 하얗다. 생긴 것과 상관없이 앳된 피부만으로도 충분히 예뻐 보이는 나이였다. 그러나 오로지 본인만 그걸 모르는 나이.

이규영은 재킷을 벗어 의자 등받이에 걸치고 김윤주의 맞은편에 앉았다. 진술녹화실의 불이 들어왔다.

"안녕. 우리 처음 보는 거지? 나는 경기청 형사과 이규영 형사라고 해. 이제부터 나랑 좀 오래 얘기를 해야 할 것 같은데."

일부러 처음부터 말을 놓았다. 언니같이 친근하게 다가가 볼 셈이었다. 지루함을 느낄 만치 혼자 오래 둔 탓인지 김윤주는 반응을 보였다.

"안……녕하세요."

"피곤하니?"

"저…… 기억이 안 나요."

김윤주가 흐리멍덩한 눈을 끔뻑였다.

"그래? 왜 기억이 안 나는지 같이 얘기해볼까?"

이규영은 입술 끝으로 살짝 미소를 지어 보이고 들고 온 파일의 덮개를 열었다.

"저요. 형사님. 저…… 꿈을 꾸는 것 같아요. 머리에 막, 구름이 껴 있는 것 같아요. 제가 어제 뭐 하고 다녔는지 하나도 기억이 안 나요."

"뭐 피곤하면 그럴 수 있지."

이규영은 대수롭지 않다는 듯 말하고 본격적인 신문에 앞서 피의자 권리를 고지했다. 김윤주는 남의 일인 듯 뚱한 표정이었다. 이규영은 파일 첫 장에 있던 사진을 빼서 김윤주 앞으로 밀었다.

"이거, 너지?"

사진 속에는 커다란 첼로 케이스를 맨 여자가 아파트 현관을 빠져나가는 모습이 담겨 있었다. 여자는 블랙 진에 검은색 바람막이 점퍼를 입고 검은색 야구 모자를 눌러썼다. 김윤주가 사는 아파트 현관 CCTV 화면을 캡처한 것이었다.

김윤주는 무성의한 표정으로 사진을 물끄러미 바라보았다.

어제 오후 3시 20분경 경기도 고양시의 한 지구대에 여덟 살 남자아이의 실종 신고가 들어왔다. 남자아이의 이름은 서정우. 초등학교 1학년이었다. 그날 데리러 오기로 한 정우의 삼촌이 사정이 생겨 하교 시간보다 늦게 학교에 도착했을 때 정우는 어디에서도 보이지 않았다. 하교 후 학교 운동장에서 같이 놀던 친구들 말로는 정우가 처음 보는 어떤 아줌마를 따라갔다고 했다.

초등학교 앞 방범용 CCTV에 정우를 데리고 가는 여자의 모습이 찍혔다. 여자는 단발머리에 연분홍색 치마 정장을 입고 목에는 울긋불긋한 스카프를 둘렀으며 하얀 마스크를 썼다. 정우는 별다른 경계심 없이 여자를 따라가는 것으로 보였다. 반면 마스크로 얼굴을 가린 여자의 행동은 수상했다. 경찰은 주변 CCTV를 뒤져 여자와 정우가 마을버스를 잡아타는 것까지 찾아냈다. 정우의 엄마, 외삼촌, 외할머니는 CCTV 속 여자를 처음 본다고 했다.

"너 맞잖아? 그렇지?"

이규영은 사진을 톡톡 두드렸다. 이미 김윤주의 집을 압수수색 하여 이날 김윤주가 범행에 입었던 옷가지들을 모두 확보해놓은 상태였다. 집에 있던 첼로 케이스가 없어진 사실도 확인했다.

김윤주는 고개를 끄덕였다.

이규영은 파일에서 다른 사진을 꺼내 김윤주의 눈앞에 세워 들었다.

"얘가 바로 정우야. 서정우."

이규영은 목소리에 감정을 담았다. 희생된 아이가 사물이 아니라 고유한 정체성을 가진 사람이었다는 것, 누군가의 사랑받는 아들, 사랑받는 손자, 사랑받는 친구였다는 걸 일깨우려는 의도였다. 사진 속 꼬마는 나비넥타이를 맨 턱시도 차림으로 웃고 있었다. 1학기 장기자랑으로 바이올린 연주를 했을 때 찍은 기념사진이었다. 죽지 않았다면 아이는 이런 행복한

순간을 앞으로 얼마든지 맞을 수 있었을 테고, 자라서 바이올리니스트가 됐을지도 모른다.

"정우는 어떻게 알았지?"

김윤주는 고개를 저었다.

"몰랐다고?"

"제가 걔를 어떻게 알아요?"

김윤주가 입을 비죽 내밀며 반문했다.

경찰은 마을버스가 하차하는 정류장의 CCTV를 모두 뒤졌다. 납치범과 정우는 20여 분간 마을버스를 타고 가다가 내렸다. 새 아파트가 지어지고 있는, 아직은 허허벌판이나 다름없는 곳이었다. 아직 방범용 CCTV도 설치되지 않았고 주변엔 상가 하나 없었다. 경찰은 납치범이 내린 정류장에서 반경 1킬로미터 사이에 순찰을 집중했다. 납치범이 아이를 데리고 먼 곳으로 이동하진 못했을 거라고 추측한 것이다.

순찰 지역에서 탐문하고 있는 제복 경찰에게 그곳 주민인 듯한 노년의 남자가 쭈뼛거리며 다가왔다. 남자는 이게 말할 만한 일인지 모르겠다고 하며 낮에 이상한 걸 봤다고 했다. 오후 3시경 아파트 뒷산을 산책하다가 잠시 한숨 돌리며 아래쪽 풍경을 내려다보던 차에 어떤 여자가 커다란 기타 케이스 같은 것을 등산로 바깥 절벽으로 던지는 걸 봤다는 것이다.

여자는 발로 낙엽 더미를 밀어 떨어뜨려 케이스 표면을 덮으려고 애썼다고 했다. 멀리서 본 거지만 케이스가 그다지 헌것 같지도 않은데 저런 식으로 쓰레기 무단 투기를 해서 쓰겠는가, 생각하고 지나갔는데 주변에 경찰이 깔려 돌아다니는 걸 보니 어쩐지 마음에 걸린다고 노인은 말했다.

"너, 정우 이름 부르며 말 걸었다며?"

김윤주가 귀찮은 듯 책상에 엎드렸다.

"일어나."

이규영이 나직한 목소리로 명령했다. 김윤주는 숙면하는 곰처럼 등을 내보이고 책상에 머리를 박았다. 지난 학기에 학교 부적응으로 자퇴하고 검정고시 학원에 등록했으나 나가는 둥 마는 둥 했다고 하는데, 경찰 신문도 그렇게 피할 수 있다고 생각하는지도 몰랐다.

학교가 끝나고 운동장에서 정우와 공을 차고 놀았던 친구들은 납치범이 정우에게 다가가는 것을 보았다. 정우가 놓친 공을 주우러 달려가 친구들과 멀어졌을 때였다. 납치범이 정우에게 다가가 '네가 정우니?'라고 말하는 걸 한 친구가 들었다. 정우가 공을 옆구리에 끼워 들고 그렇다고 대답했다. 납치범이 정우 앞에 무릎을 모으고 앉아 눈을 맞춘 다음 쓰고 있던 마스크를 내리고 정우에게만 들리는 소리로 속삭였다. 잠시 뒤 정우가 고개를 크게 끄덕이더니 친구를 향해 공을 던지며 이만 집에 가겠다고 외쳤다.

"김윤주. 일어나라고."

"쌍! 가방 보고 알았죠! 가방에 이름 적혀 있잖아요? 씨발 그것도 모르나? 형사가?"

김윤주가 벌떡 몸을 일으키고 도전적으로 턱을 치켜들었다. 눈빛과 말투가 변했다. 이규영은 속으로 움찔했지만 내색하지 않았다.

"아우 씨. 뭘 꼬치꼬치 처묻고 지랄? 이깟 애새끼 하나 뒤졌다고 뭐 큰일이라도 남? 이런 애새끼 따위, 세상에 많잖아? 또 낳든 지랄을 하든 하면 되잖아. 아쉬우면 또 낳으라고 하세요. 걔네 부모한테. 네?"

김윤주가 소리쳤다. 분노와 멸시가 가득 찬 표정. 표독한 눈빛. 아까와는 다른 사람이 된 것 같았다.

"왜 네가 화를 내지?"

"흥! 미성년자를 부모도 없이 취조하면 법에 걸리는 거 아닌가?"

김윤주는 분노가 형형한 눈빛을 하고 비웃었다.

"너는 그렇게 생각하니?"

이규영은 조용하지만 엄격한 말투로 김윤주의 도발을 눌렀다. 분노 조절 장애가 있는 피의자를 상대해온 경험이 도움이 되었다.

"똑바로 들어. 어디서 들은 건 있나 본데, 넌 피해자가 아니야. 범죄 피해자라면, 더구나 피해자가 미성년자라면 물론 신뢰관계인을 동석해야지. 하지만 넌 아동 납치 살인 피의자고 지금 체포된 상태야. 네 부모는 신문에 참여하지 않겠다고 했고."

김윤주의 홉뜬 눈에서 뭔가가 빠져나가는 것 같았다.

"이제 이해가 가니?"

김윤주의 부모는 자기가 키운 딸이 살인범이라는 걸 받아들이기에도 벅찼는지 변호사 선임도 서두르지 않았다.

김윤주는 급작스레 다시 무기력한 모습이 됐다. 김윤주는 자기가 있는 곳이 어딘지 모르겠다는 듯 진술녹화실 안을 둘러보았다.

이규영은 세 번째 사진을 김윤주 앞으로 던졌다.

경찰이 첼로 케이스를 찾아 뚜껑을 연 모습을 찍은 사진이었다. 그나마 덜 끔찍해 보이는 걸 골랐지만 여덟 살 아이가 눈을 뜨고 죽어 있는 모습은 보기 힘들었다. 정우는 옆으로 누운 자세로 첼로 케이스 안에 구겨 넣어져 있었다. 사진을 본 김윤주가 뒤로 흠칫 물러났다.

"네 나이가 몇 살이든 이런 범죄를 저지른 범인에게 말이야.

미성년자인데 경찰이 혼자 신문했다고 뭐라 할 사람은 이 세상에 없어."

"……봤죠? 형사님?"

"뭘?"

"아까 봤잖아요?"

이규영은 고개를 갸웃했다. 김윤주는 손바닥으로 제 가슴을 쳤다. 다급한 표정이었다.

"치치요."

"치치?"

"방금 나왔잖아요. 치치. 나와서 형사님에게 욕하고 그랬잖아요. 치치가 한 거예요. 제가 한 게 아니라. 지금 저는…… 라라예요. 저는 대부분 라라예요, 형사님."

김윤주는 보기 괴롭다는 듯 손바닥으로 사진을 가리고 울부짖었다.

"저는 어제 하루 종일 치치에게 잡혀 있었어요! 보셨잖아요! 아까 걔, 치치가 한 거라고요! 다 걔가 한 짓이에요! 치치가 이 아이를 죽인 거예요! 제가 아니라!"

공포에 질린 목소리였다.

교활하고 악독한 범죄자들의 다양한 핑계를 들어왔지만 이런 경우는 또 처음이었다. 이규영은 어안이 벙벙했다.

2

서정우의 삼촌 서민수가 경찰서에 왔다. 정우의 엄마는 어제 정우의 시신이 발견됐다는 소식을 듣자마자 졸도하여 병원에 입원 중이었다. 서민수도 금방이라도 쓰러질 듯 얼굴이 파리했다. 서민수와 곧 결혼을 앞두고 있다는 여자도 같이 왔다. 서민수의 안색을 보니 동행이 있는 게 다행스러웠다.

약혼녀는 서민수와는 나이 차이가 제법 나는지 20대 중반으로밖에 안 보였다. 그녀는 서민수의 손을 잡고 가까이 붙어 앉아 서민수에게 걱정 어린 시선을 떼지 않았다.

"우리 정우가…… 그렇게 된 거…… 정말 맞습니까? 진짜 일어난 일입니까? 이게?"

서민수는 알이 두꺼운 안경 너머로 눈물을 뚝뚝 흘렸다. 동글동글한 얼굴에 아래로 처진 눈꼬리. 순박한 인상이었다. IT 업계에서 전산 프로그램 개발자로 일하고 있다고 했다. 평소 다정한 삼촌이었을 것 같았다.

이규영은 아무 대꾸도 할 수 없었다.

"제가…… 제 시간에 정우를 데리러만 갔어도…… 흑흑."

서민수가 얼굴을 싸쥐고 소리 내 울었다.

"오빠……."

약혼녀가 눈물을 글썽이며 서민수의 어깨를 감싸 안았다. 피해자 가족의 고통이 생생히 전해져 이규영도 눈시울을 붉혔다. 서민수 님 잘못이 아니에요, 라고 이규영은 말했지만 위로가 될 것 같지는 않았다.

정우는 싱글맘인 엄마가 혼자 키우는 아이였다. 직장에 다니는 엄마를 대신하여 할머니가 학교 끝날 시간에 맞춰 정우를 데리러 왔고, 제 엄마가 퇴근하고 올 때까지 돌봐주는 생활을 했다. 그런 할머니가 지난 금요일부터 3박 4일간 중국 여행을 갔다. 월요일인 어제는 정우가 다니는 바이올린 학원도 인테리어 공사로 휴원을 했다. 정우의 엄마는 가족이 아닌 사람에게 정우의 픽업을 맡기는 게 내키지 않았다. 그래서 삼촌인 서민수가 조퇴하고 정우를 데려와 할머니 집에서 같이 있기로 했던 것이었다.

서민수의 말대로 제때 정우를 데리러 갔다면 범행은 벌어지지 않았을 수도 있었다. 정우의 할머니는 노인 특유의 조바심으로 수업이 끝나기 30분 전부터 학교 앞에 가서 정우가 나오기를 기다리곤 했다. 평소 같으면 범인에겐 기회가 없었다. 현재까지 밝혀진 정황으로는 김윤주가 서정우를 점찍어두고 범행을 저지른 것 같지는 않다는 게 수사팀 다수의 생각이었다.

"정우 엄마는 좀 어떠세요?"

서민수와 약혼녀에게 티슈 상자를 내밀며 이규영이 물었다.

"수경 씨는 아직 병원이에요."

약혼녀가 정우 엄마의 이름을 언급하며 대신 답했다. 약혼녀는 수수하게나마 화장을 했고 허리까지 오는 긴 머리를 가지런히 하나로 묶었다. 눈, 코, 입이 올망졸망하고 속눈썹이 짙고 길었다. 예쁜 여자였다.

"깨어날 때마다 정우를 찾으며 울다 과호흡이 와서…… 계속 진정제 맞고 있다나 봐요. 수경 씨가 평소에도 정우에게 얼마나 집착하다시피 하는지……. 지금 수경 씨는 아무것도 생각할 수 없는 상태예요."

왜 아니겠는가. 이규영은 서민수를 보고 물었다.

"학교엔 한 시간쯤 늦으셨다고요."

"네……. 정우에겐 교육상 안 좋다며 아직 휴대폰을 사 주지 않아서…… 정우 짝에게 연락했습니다. 준혁이라고 있는데……."

어제 정우와 같이 학교 운동장에서 공을 차던 친구였다. 준혁은 김윤주가 정우의 이름을 부르며 다가오는 걸 들었다. 이후의 대화는 듣지 못했지만 준혁은 김윤주가 정우에게 휴대전화 화면을 보여주며 뭐라 말하는 것 같았다고 했다.

"삼촌이 좀 늦을 것 같다고 했더니, 친구들과 운동장에서 축구하고 있겠다고 했습니다. 준혁이도 같이요."

"그런데…… 늦으신 이유는?"

서민수는 괴로운 듯 눈을 질끈 감았다.

"오빠. 이러지 마. 오빠라도 정신 차려야지. 응?"

약혼녀가 서민수의 손을 꽉 잡고 고개를 깊게 숙여 서민수와 눈을 맞췄다. 연인의 감정에 대한 집중과 사랑이 느껴졌다. 이 불행을 딛고 둘은 결혼할 수 있을까? 이규영은 잠시 딴생각을 했다. 느닷없이 삶에 닥친 범죄가 가장 가까운 사람과의 관계를 망쳐놓는 걸 이규영은 자주 보았다.

"제가…… 바보같이…… 시간을 잘못 생각하고 있다가……."

정우가 다니는 학교는 1학년의 경우 월수금은 4교시, 화목은 5교시까지 운영했다. 4교시까지 하는 날은 12시 50분, 5교시까지 하는 날은 오후 1시 40분에 끝났다. 정우는 방과 후 돌봄교실에는 참여하지 않았다.

서민수는 월요일도 5교시까지 하는 걸로 착각하고 1시 40분까지 정우를 데리러 가면 된다고 생각했다고 했다. 마포에 있는 서민수의 직장에서 정우의 학교까지는 차로 40분쯤 걸렸다. 서민수는 12시 반쯤에야 자신의 착각을 깨닫고 헐레벌떡 자리에서 나와 차에 시동을 걸며 준혁에게 전화를 걸었다.

"마음이 바쁜데…… 앞에서 사고라도 났는지 길도 막히고……."

1시 50분경 서민수가 학교에 도착했을 때 운동장에는 1학년 학생들이 남아 있지 않았다. 김윤주는 1시 20분경 정우를 납치했다. 1시 50분이면 김윤주가 정우를 집으로 데리고 들어갔을 시각이었다.

서민수는 정말로, 너무 늦었다.

이규영은 피의자의 사진을 서민수에게 건네며 김윤주의 이름과 나이, 주소, 부모의 이름과 직업을 말해주었다. 서민수는 믿어지지 않는다는 표정으로 교복을 입은 평범한 소녀의 사진을 바라보았다.

"이 아이라고요? 우리 정우에게 끔찍한 짓을 한 인간이?"

소녀의 얼굴에서 악마의 흔적을 찾지 못한 서민수가 혼란스러운 듯 물었다.

"아는 얼굴인가요? 본 적 있으세요?"

"몰라요. 저는 전혀……."

서민수의 약혼녀도 사진을 건네받아 들여다보더니 고개를 저었다.

"정우 엄마랑 혹시 접점이 될 만한 게 있을까요?"

이규영은 김윤주에 대한 정보를 다시 늘어놓았다. 자퇴한 고등학교명, 등록해두고 잘 나가지는 않는 검정고시 학원, 부모가 나온 대학과 부모의 직장 주소와 고향까지. 10대 청소년이 일면식도 없는 아이를 납치하여 살해했다는 사실을 이규영은 쉽게 믿기 어려웠다. 정우의 책가방에 정우의 노란 명찰이 달려 있는 건 맞았다. 사건 당일 정우와 친구들은 운동장 한쪽에 가방을 모아놓고 축구를 했다. 가방에 달린 명찰을 보고 김윤주가 정우의 이름을 짐작하고 다가온 게 아니겠느냐는 의견이 수사팀 내에 돌았다.

"어떻게 되나요? 얘는?"

서민수의 약혼녀가 김윤주의 사진을 노려보며 물었다.

"사형시키나요?"

이규영은 한숨을 쉬었다.

"아직 미성년자라서요. 사형이나 무기징역에는 처할 수 없습니다."

"허!"

서민수가 탄식했다.

"우리 정우는…… 우리 정우는 그렇게 됐는데도요? 우리 정우는 겨우 여덟 살이었는데…… 우리 정우는 죽고 또…… 그것도 모자라서 애를……."

서민수의 말끝에 또 울음이 섞였다.

"됐어. 오빠. Stop it!"

갑자기 유창한 영어 발음까지 곁들인 약혼녀의 말투는 싸늘했다.

"이게 한국의 한계야. 필요 없어. 이 나라 judicial system에 justice는 없어. 우리 미국 가자, 오빠. States는 최소한 이렇진 않아. 우리 정리하고 떠나."

이규영은 미국도 미성년 범죄자에 대한 사형 선고가 금지된 지 오래됐다는 사실을 떠올렸지만 말하지는 않았다. 범죄 피해자의 심정을 이해 못 할 건 아니었다. 이규영도 가족이 피해를 봤다면 같은 마음이었을 것이다. 서민수의 약혼녀는 피해자 가족은 아니었지만 곧 가족이 될 사이라고 하니까. 그나저나 둘은 진짜 가족이 될 수 있을까.

"……왜 그랬답니까?"

서민수가 물었다. 용의자가 체포됐다는 소식을 들은 순간부터 아마도 가장 궁금했을 질문이었다.

이규영도 궁금했다. 피의자의 자백을 받아야 하는 임무를 맡은 이규영이야말로 진심으로 알고 싶었다.

"김윤주는 아직 제대로 답을 하지 않고 있습니다. 죄송합니다. 어떻게든 알아내겠습니다."

"도대체 왜 그랬답니까?"

서민수의 물음에 단호함이 깃들었다.

"아직은…… 피의자가 심신상실을 주장하고 있어서요."

"심신상실?"

약혼녀가 캐묻는 말투로 말끝을 올렸다.

어디까지 말해줘야 할지 이규영은 속으로 갈등했다. 지금 김윤주는 자기 안에 '치치'와 '라라'라는 두 개의 인격이 있고, 범행은 잔혹하고 대담한 성격의 '치치'가 저질렀으며, '라라'라는 본 인격에게는 책임이 없다고 주장한다는 말을 차마 해줄 수는 없었다.

1차 피의자 신문 이후 수사팀은 김윤주의 정신병력 조회에 들어갔다. 김윤주가 중2 때부터 우울증이나 적응 장애, 공황장애 같은 문제로 정신과 치료를 계속 받았다는 부모의 진술이 있었다. 조현병 의증 소견도 받은 적 있다고 했다. 다중 인격을 뜻하는 '해리성 정체감 장애' 진단을 받은 적이 있느냐는 경찰의 질문에 부모는 고개를 저으며 자신 없는 표정을 지었다.

어쨌거나 김윤주에게 정신질환이 있는 건 사실인 듯했다. 중학생 때부터 자해 행동이 보고되어 문제가 됐다는 학교 측 기록도 있었다. 그 부분은 경찰서 유치장 입감을 위한 신체검사에서도 드러났다. 김윤주의 신체검사를 실시한 경찰이 수사팀에 별도 보고를 넣었다. 손목과 허벅지에 가해진 자해 흔적이 상상 이상이었다. 특히 오른쪽 허벅지의 상처는 끔찍했다. 최근에 무려 부엌칼로 심각한 자해를 해서 병원에 입원하기까지 했다는 기록이 드러났다. 자해 부위에 염증이 퍼져 5일간 입원 치료를 받았고, 범행 2주 전에 퇴원했다.

"자기주장일 뿐입니다. 진술을 회피하려고 술수 부리는 것 같습니다. 심신상실로 어영부영 빠져나가지는 못합니다. 그 점은 염려 마세요."

범죄의 증거를 찾기 위한 광범위한 수사가 진행 중이었다. 김윤주는 학교에서나 학원에서 딱히 친구가 없었다. 자퇴한 뒤로는 종일 집에서 게임을 하거나 웹소설을 읽으며 시간을 보낸 모양이었다. 수사팀은 김윤주의 휴대전화와 태블릿 PC와 노트북과 데스크톱 같은 통신기기란 기기는 죄다 압수하여 디지털 포렌식에 들어갔다. 김윤주가 사이버상에 범행 계획이나 동기에 대해서 뭔가를 남겨놓았을 수 있었다. 설령 끝까지 다중 인격을 내세워 자백을 회피한다고 해도 경찰은 가능한 한 모든 수단을 동원하여 증거를 찾아 범행을 재구성해낼 것이다.

하지만 자백을 받지 않으면 곤란한 부분이 하나 있었다.

"형사님. 우리…… 정우 손목은 어떻게 했답니까?"

서민수가 가기 전 마지막으로 물었다.

정우는 첼로 케이스 바닥에 몸의 오른쪽을 대고 옆으로 누워 있었다. 정우의 몸을 케이스에서 끄집어냈을 때에야 경찰은 알아챘다.

정우의 오른쪽 손목이 없었다. 절단면은 깨끗했다. 손목은 사망 후 잘린 것으로 판명됐다. 경찰은 김윤주의 방에서 절단에 사용한 칼을 찾아냈다. 그러나 김윤주의 집에서도 시신이 버려진 곳 인근에서도 잘린 손목은 찾지 못했다.

"그래. 너는 지금 라라라는 거지?"

첫 피의자 신문 당시 이규영은 마음을 가다듬고 물었다.

"네. 저는 본래 라라예요. 치치는 중2 때 처음 생겼어요."

김윤주는 시무룩하게 말했다.

"치치라는 인격이 있다는 건 어떻게 알았지?"

"치치가 오면서, 제 본래 인격에게 이름을 지어준 거죠. 자신을 구분하려고요."

"그게 중학교 2학년 때인 거고?"

"네."

"그 뒤로 치치는 계속 찾아온 거니? 계속 네 안에 있었어?"

"네. 점점 강해졌어요. 갈수록 강해져서 치치는 점점 나를 지배했어요. 어제 같으면, 저는 치치에게 거의 몸을 뺏겼다고 봐야죠. 어제 저는 그냥 치치였어요."

자기 말을 들어준다고 생각했는지 김윤주는 적극적으로 답했다.

"라라와 치치는 서로를 알고 있구나."

외계인과 대화를 나누려면 외계인의 세계관에 들어가면 된다. 외계인이 플라나리아를 먹고 산다면 플라나리아의 맛이 어떤지 관심을 보이면 된다고 이규영은 자신에게 주문을 걸었다.

"네, 맞아요. 우리는 서로의 존재를 인식해요. 다만……."

"다만?"

"서로의 행동을 말릴 수는 없어요."

"치치가 찾아오면 라라는 치치가 하는 짓을 지켜볼 수밖에는 없다는 거니?"

이규영은 김윤주의 퇴로를 최대한 차단하기 위한 대화를 이어갔다. 김윤주가 치치라는 존재에게 모든 책임을 덮어씌우고 라라는 치치가 무슨 일을 저지르는지 알지도 못했다는 변명을 차단할 셈이었다.

"맞아요."

"어쨌든 치치가 하는 짓을 라라는 알고 있고, 기억할 수도 있다는 말이지? 아까 치치가 잠깐 찾아와서 나한테 욕하는 걸 네가 방금 기억해냈듯이."

"그……런 거죠. 그런데 뭐랄까. 조금 아득해요. 다는 기억이 안 나요. 치치가 몸을 지배할 때 아무래도 라라를 못 나오게 억누르니까. 라라가 깨어나서 방해하면 안 되니까, 치치는.

다는 몰라요, 치치가 하는 일을…… 그러니까 라라는요."

설명하기 어렵다는 듯 김윤주는 중언부언했다.

"그래서 어제 치치가 한 일은…… 기억이 안 나요. 형사님. 진짜예요. 치치가 저를, 라라를 엄청 억눌렀으니까요. 완전 엄청."

"좋아."

이규영은 탁자에 올려둔 물을 마셨다. 피로가 몰려왔다.

"그럼 다 됐고. 이거 하나만 기억해보자. 네가 지금 라라든 치치든."

김윤주는 뽀얗고 통통한 얼굴을 들어 이규영을 바라보았다.

"정우 손목은 어디 있니? 오른쪽 손목."

김윤주는 자기는 전혀 모르는 일이라는 표정으로 고개를 갸웃거렸다. 이규영은 그 얼굴을 한 대 후려치고 싶은 마음과 속으로 격렬하게 싸웠다.

서민수와 약혼자가 돌아간 뒤 이규영은 조사실에 혼자 앉아 곰곰이 생각에 잠겼다. 김윤주는 시신을 버리고 나서 작은 백팩을 메고 외출했다. 그때가 약 오후 3시 30분. 첼로 케이스에 든 정우의 시신은 저녁 8시경 발견됐고 첼로 케이스를 맨여자에 대한 CCTV 경로 추적 결과, 김윤주가 용의자로 특정됐다. 김윤주는 어딘가를 쏘다니다 밤 10시 20분경 귀갓길에 집 근처 지하철역 입구에서 체포됐다. 체포 당시 김윤주가 메고 있던 백팩은 비어 있었다. 약 일곱 시간 사이에 손목을 어디에 감춘 걸까. 아이의 손목을 자른 이유는 뭘까.

기분 나쁜 상상을 한 탓인지 아랫배가 조여왔다. 10대 여자아이에게 시신 페티시즘, 그것도 특정 신체 부위에 대한 성적인 갈망이 있다고 믿고 싶진 않았지만 다른 동기는 떠오르지 않았다.

선배 형사가 들어와 어깨를 잡고 흔드는 바람에 이규영은 현실로 돌아왔다.

"아, 왜요. 선배?"

"너야말로 왜 멍 때리고 있어? 와서 사이버수사팀 보고 좀 들어봐. 아주 식겁한다, 야."

3

얼굴을 보자마자 꾸벅 인사하는 김윤주에게 이규영이 말을 툭 던졌다.

"트위터 많이 하니?"

2차 피의자 신문이 시작됐다.

"네, 하죠. 게임도 하고. 심심하잖아요? 사는 게."

이규영은 쪽지에 글자를 적어 내밀었다.

@juNa-2-JunA

김윤주는 쪽지를 보고 머리를 득득 긁었다.

"네 트위터 계정 맞지? 닉은 쥬나."

김윤주가 경찰에 체포되기 직전, 계정은 삭제됐다. 비슷한 시각 김윤주는 텔레그램 계정도 삭제했다. 해외 기업이 운영하며 해외에 서버를 두고 있는 트위터나 텔레그램은 계정이 삭제되면 모든 활동 기록이 지워진다. 복구는 거의 불가능했다. 범죄 수사관에게 이 시대 사회관계망 서비스는 양날의 검과 같았다.

김윤주는 불편한 표정으로 어깨를 으쓱했다.

"트위터는 왜요?"

"트위터를 한 건 라라니? 치치니?"

"뭐, 라라도 하고……."

김윤주의 눈이 이규영의 얼굴을 빠르게 훑었다.

"가끔 치치도 했죠."

"꾀부리지 마."

이규영은 싸늘하게 쏘아붙였다.

"네?"

"네 정신과 기록 다 뒤져봤어. 넌 해리성 정체감 장애 진단을 받은 적이 없어. 넌 네 기분과 필요에 따라 다른 인격이 되는 흉내를 냈을 뿐이야. 스릴러 영화나 웹소설에서 많이 봤겠지. 어릴 적 상상의 친구가 아직 떠나지 않았거나. 잘못에 대해 벌을 받아야 할 때를 대비해서 만들어놓은 핑곗거리지."

잠시 침묵이 흘렀다.

"씨팔. 좆같네. 네년이 어떻게 알아?"

김윤주가 한쪽 입술을 비틀어 올리며 뇌까렸다.

"치치가 온 거니, 지금?"

"바보 같은 년. 짭새 쫄따구 주제에."

"퍼시픽킬이라는 친구 기억하니? 디엠 자주 주고받았던데."

김윤주는 잡아먹을 듯한 눈으로 이규영을 쏘아보았다.

사이버수사팀은 'B시 초등생 살인 사건'에 대해 언급하는 인터넷 글을 저인망식으로 뒤졌다. 소속 연예인 악플러를 고발하기 위해 증거를 찾는 연예기획사 직원 못지않게 수사팀은 열성으로 찾았다.

— 들었어? B시 초등생 살인 사건. 범인이 쥬나 님이래.

— 진짜? 알렉산드리아 쥬나 님?

— 대박 소름! 과몰입 뒤진다.

소문은 트위터 공간에 가장 파다하게 퍼져 있었다. '쥬나'는 트위터를 기반으로 하는 자기 캐릭터 커뮤니티에서 주로 활동한 소위 '네임드'였다. 쏟아지는 정보 가운데 검토할 가치가 있는 걸 찾아 갈무리하고 계정주 인터뷰까지 마친 참고인 중에 'Pacific Kill'이 있었다. 퍼시픽킬은 쥬나가 '자캐와 오너가 싱크로율' 되어 '현실과 현피를 떴다'고 평했다.

"그나저나 자캐 커뮤가 뭔지 좀 설명해줄래? 이해하기 좀 어려워서 말이야."

김윤주는 입꼬리를 피식 끌어 올리며 멸시하는 웃음을 지었다.

이규영은 사이버수사팀 팀원에게 이미 설명을 들었다. 특정한 세계관이 설정되고 각자 자기를 대변하는 아바타라 할 수 있는 '자기 캐릭터'들이 참여하면서 자캐 커뮤는 시작된다. 커뮤니티의 세계관과 규칙에 따라 자기 캐릭터들이 서로 소통하며 역할극을 즐긴다. 자기 캐릭터를 줄여 '자캐'라고 하고 자캐를 만든 본체인 사람은 '오너'라고 부른다. 오너는 참여하고 싶은 커뮤니티의 세계관에 걸맞은 자캐를 만드는 데 혼신의 힘을 다한다. 그럴듯한 서사를 부여하고 그림으로 자캐를 구현한다. 김윤주는 그림을 썩 잘 그렸다. 중학교 때 애니메이션 학원과 제빵 학원을 제법 열성으로 다녔는데, 애니메이션 학원에서 배운 그림 실력으로 훼손된 신체를 미화한 모습의 자캐를 종종 그렸다고 했다. 머리통이 반쯤 파손되었거나, 한쪽 눈이나 한쪽 팔이 없는 미소년.

"좋아, 치치."

이규영은 치치의 이름을 불러주었다.

"좆까."

"하나만 묻자. 10대 여자애들이 커뮤에서 살인이니 사체 해부니 인육이니…… 도대체 이런 대화를 하는 이유가 뭐니?"

이규영은 진심으로 궁금했다.

퍼시픽킬은 쥬나가 하드고어 커뮤 마니아라고 했다. 자캐 커뮤는 세계관에 따라 장르가 구별되는데 로맨스나 판타지 시대물이 주류였다. 하드고어는 비주류지만 열혈 마니아들이 모이는 장르로 '시리어스'라고도 하는데, 아무리 잔인하고 비윤리적인 표현이라도 제한 없이 허용하며 살인, 신체 훼손, 고문, 인육, 패륜 같은 고어하고 자극적인 소재를 다루는 커뮤니티다. 퍼시픽킬은 수사관에게 자신이 지금 활동하고 있는 하드고어 커뮤를 살짝 보여줬다. 보통 사람은 옆에서 들여다본 것만으로도 기분이 나빠지는 대화를 커뮤러들이 서로 수위를 높여가며 경쟁적으로 나누고 있었다고 퍼시픽킬의 진술을 받은 수사관은 전했다.

"흥! 쎄 보이니까요."

김윤주가 말했다.

"쎄 보여? 그런 게?"

"관종이니까."

김윤주가 뻐기는 웃음을 지으며 말을 이었다.

"다른 사람에게는 존나 금지된 게 나에겐 아니라는 기분을 느끼고 싶었던 거지. 개쩔잖아. 보통 사람들은 듣기만 해도 지랄, 펄쩍 놀라면서 하지 말라고 하는 걸 나는 아무렇지도 않게 한다 이거지."

이규영은 공감할 수 없었지만 그게 어떤 심리인지 알 만은 했다.

"똑같네."

이규영은 혀를 끌끌 찼다.

"뭐가요?"

"범죄자들이랑 똑같다고. 사람 죽이고 패고, 속이고 빼앗고. 하지 말라는 나쁜 짓만 골라 하다가 잡혀서 여기 끌려오는 범죄자들. 물어보면 다들 쎄 보이고 싶어서 그랬다더라. 사람들이 자길 무시해서. 자길 우습게 봐서 화가 나서 그랬다고. 그러면서 오히려 피해자들을 원망해. 그것들은 왜 자기에게 피해를 당해서 자기를 이렇게 고통스럽게 하냐며."

자존감은 낮고 자기애는 높은 에고들.

김윤주는 이규영의 말뜻을 이해해보려고 골몰하다가 별안간 웃음을 터뜨렸다.

"파하핫! 그렇죠, 뭐. 씨발 존나 웃겨. 그래서 내가 여기 있나 보네! 관종들이 다 그래요. 나 포함 다 병신들이야."

"너를 올가 근위대장으로 기억하는 커뮤러들이 많던데."

이규영은 화제를 돌렸다.

"홍! 퍼시픽킬이 알렉산드리아 얘기를 했나 보죠? 가장 최근에 뛴 커뮤인데. 맞나? 하여튼 재밌었어요. 개장 기간 10일 동안 존나 잠도 못 자고 개열심히 뛰었죠. 개장 기간에는 못 자요. 썰 푸느라."

김윤주의 말투와 태도가 조금은 협조적으로 가라앉았다. 다시 라라가 된 건가? 라라와 치치는 이런 식으로 서로 경험을 공유하며 자캐 커뮤 활동을 이어간 것일까? 가상 세계의 동업자? 아니, 역시 이건 다 김윤주의 연기인 거겠지. 다중 인격 연기가 몸에 배어버려 필요할 때마다 자동으로 인격이 바뀌어버리는 거겠지. 어쩌면 정말 자신이 다중 인격이라고 믿고 있는 걸 수도. 많은 생각이 머리를 스쳤지만 이규영은 김윤주가 흥미를 잃지 않고 계속 말을 이어가도록 유도하는 데 집중했다.

"정식 이름은 '알렉산드리아의 겨울'이었다고 들었어. 합격제 커뮤였다며?"

김윤주가 미소 지었다. '합격제 커뮤'라는 말이 만족감을 준 것 같았다. 그건 원한다고 다 참가할 수 있는 곳이 아니라 운영진에게 합격 판정을 받아야 참가할 수 있는 특별한 공간이었다는 뜻이다. 운영진이 가개장 기간에 커뮤에 대한 홍보를 띄우면 참가하고 싶은 사람이 자캐와 프로필을 가지고 신청서를 내고 그것을 운영진이 심사해서 합격 여부를 결정한다.

퍼시픽킬은 자신도 알렉산드리아의 겨울에 참가 신청을 해서 합격했고 재무대신의 역할을 맡았다고 했다. 알렉산드리아는 고대의 절대 황정 국가로 여자가 지배하는 세계였다. 오너와 자캐 모두 여성이어야 참가할 수 있었다. 알렉산드리아의 겨울은 6대 황제 세실리아가 집권을 시작한 시점에서 개장됐다. 세실리아 황제는 황태녀였던 언니와 조카를 죽이고 등극한 피의 황제로, 역대 가장 잔혹하고 무자비한 군주로 평가된다. 언니와 황권을 두고 전쟁을 치르다가 한쪽 눈을 잃었는데, 화살에 뽑혀 나온 자기 안구를 씹다가 인육의 맛에 눈을 뜨게 된 캐릭터였다. 세실리아 황제는 신하에게 인육을 구해 오라고 명령하고 약속한 날까지 인육을 구해 오지 못한 신하 캐릭터는 고문하고 심지어 죽여버리기도 했다. 쥬나는 알렉산드리아의 겨울에서 세실리아 황제의 측근인 올가 근위대장 역할을 맡았다. 올가 근위대장은 황제를 만족시키기 위해 자기 부하를 죽여 인육을 갖다 바친다는 썰을 풀었고 커뮤러들은 열광했다. 퍼시픽킬도 하마터면 올가 근위대장에게 죽임을 당할 뻔했다고 했다. 커뮤 활동 중에 자캐가 죽는 건 커뮤러에게는 자기 자신이 죽는 것 같은 치욕적이고 고통스러운 사건이라는 말도 덧붙였다.

"올가 근위대장은 부하를 죽이고 손목을 잘랐지? 알렉산드리아에서."

이규영은 실제로 본 적 없는 가상 세계에서 벌어진 사건을 현실처럼 이야기했다.

"그랬던가? 근데 왜 자꾸 자캐 커뮤 얘기를 하는 거예요? 제가 자캐 커뮤를 뛴 거랑 지금 이 사건이랑 무슨 상관이에요?"

김윤주는 갑자기 뒤가 찜찜한 표정을 지었다. 흘러가는 이야기가 김윤주의 불안감을 자극한 것 같았다.

이규영은 계속했다.

"아끼는 부하 캐릭터를 죽여 손목을 자르고도, 한동안 황제에게 바치지 않고 갖고 있었다며?"

서정우의 손목이 절단됐다는 사실은 언론에 보도되지 않았다. 이규영은 퍼시픽킬의 진술을 읽다가 이 부분을 발견했을 때 이거구나 싶었다.

"그랬나……."

"왜지?"

"글쎄요? 기억 안 나요."

"네 캐릭터가 죽을 수도 있었을 텐데, 왜 손목을 바로 황제에게 바치지 않고 가지고 있는 걸로 썰을 푼 거지? 가상 세계에서라도 사람의 손목을 가지고 있으니까, 좋았니?"

"아 씨…… 뭔 소리래."

이규영은 딴청을 부리려는 김윤주의 시선을 따라가며 놓아주지 않았다.

"정우 손목은 어딨지? 왜 잘랐어? 그걸로 뭘 했어?"

"기억 안 난다고 했잖아요!"

"피하지 말고 말해! 정우는 고작 여덟 살이었어. 정우의 가족들은 지금도 잠도 못 자고 밥도 못 먹고 처절하게 울며 고통에 시달리고 있어! 내가 지금 장난하는 것 같아? 지금 여기가 장난하는 덴 줄 알아? 떼 부리지 마!"

"아 씨!"

김윤주는 버럭 소리치고는 테이블에 등을 말고 엎드렸다.

이규영도 자신의 추론을 믿고 싶지 않았다. 가상 세계에서 자신의 야릇한 성적 욕구를 충족시키다 어린아이를 상대로 한 끔찍한 범죄의 형태로 상상을 현실로 옮겨버린 소녀가 눈앞에 존재한다는 게 믿어지지 않았다. 원래 도덕관념이 희박한 애라고 치자. 현실에서 살인과 사체 유기라는 범죄의 대가가 얼마나 크고 무거운지 몰랐을 리 없는데 어떻게 이런 일을 저지를 수 있었을까.

퍼시픽킬은 그 이유를 알 것 같다고 했다.

쥬나 님은 자기가 잡혀도 금방 나갈 수 있을 거라고 생각했을 거예요. 퍼시픽킬은 말했다. 쥬나 님은 웹소설도 썼어요. 저에게 시놉을 하나 보여줬는데 제목이 '미녀 대통령, 흑화하여 살인마 된 이야기'인가 뭐 그랬을 거예요. 그거 보면 여주가 고등학생 때 친구를 칼로 막 찢어서 죽여버리는데 소년원 잠깐 들어갔다가 나와서 나중에 대통령이 돼요. 엄청 예쁘고 똑똑하고 천재라서 대통령은 됐는데 사람 죽이고 싶은 욕구를 못 참아서 훈남 경호원이 쫓아다니면서 사람 죽이면 다 막아주고 하는 이야기예요. 제가 아무리 웹소설이라도 고딩 때 사람을 죽였는데 그렇게 금방 나오는 게 말이 되냐고 했더니 쥬나

님이 그랬어요. 미성년자는 무슨 짓을 해도 최고가 소년원이라고. 그것도 정신에 문제 있다고 하면 안 갈 수도 있다고요. 기록에도 안 남고. 근데 그거 맞아요?

김윤주는 촉법소년 연령을 잘못 알고 있었다. 어떤 범죄를 저질러도 형사처벌을 할 수 없고 보호처분에만 처할 수 있는 촉법소년의 범위는 만 14세까지인데, 김윤주는 미성년자가 곧 촉법소년인 줄로 알았던 것이다.

그래서 상상을 현실로 옮길 수 있었다.

죽여도 처벌받지 않을 테니까.

"치치가 그런 거예요! 형사님!"

김윤주가 엎드린 채로 소리쳤다.

"치치가 사람의 손목을 갖고 싶다고 했어요! 가짜로 썰 푸는 거 말고 언젠가 진짜로 가져볼 거라고 했어요! 저는 말릴 수가 없었어요! 치치는 점점 커졌다고요!"

김윤주의 목소리는 품속에서 뭉개져 울렸다.

"서정우 손목 어디에 뒀어! 너, 그날 낮에 정우 시신을 버리고 어디 갔던 거야!"

이규영이 목소리를 높이며 추궁했다.

김윤주가 책상에 머리를 박은 채 흐느꼈다.

"김윤주. 네가 치치니 라라니 하며 정신병 흉내를 내고 무슨 짓을 해도 너는 이미 틀렸어. 네가 정우를 유괴해서 죽이고 손목을 잘라 유기했다는 증거는 차고 넘쳐. 넌 미성년자면 사람을 죽여도 감옥에 안 가는 줄 알았나 본데, 아니야. 아마 이제는 알았겠지. 그러니까 철없는 소리 그만하고 현실을 깨달아. 어쩌면 이게 조금이라도 정상참작을 받을 수 있는 마지막 기회야. 정우 손목을 어디에 뒀는지 말해. 당장!"

"저는 모른다고요!"

김윤주가 몸을 일으켜 눈물범벅 된 얼굴로 소리쳤다.

"그날 낮에 어디를 돌아다닌 거야?"

"몰라요!"

"그날 누군가를 만났지? 누구야!"

"기억 안 난다니까요……."

"집에 오기 전 텔레그램 메시지와 트위터 멘션, 디엠 다 삭제하고 계정도 다 삭제한 이유가 뭐야? 뭘 감추려는 거지?"

"치치가 그런 거예요……."

누군가가 있다.

이규영은 직감했다. 그날 낮에 김윤주는 누군가를 만났고 정우의 손목을 처분했다. 이 일을 조력하거나 방관한 누군가가 한 명 이상 있다. 텔레그램 메시지와 트위터 멘션, 디엠을 삭제한 것은 그 누군가와 나눈 대화를 감추려는 것이다. 아무럼 이런 범죄를 오로지 10대 소녀 혼자 계획하고 혼자 실행하고 혼자만 알고 있을 리 없다.

안타깝게도 삭제된 텔레그램 메시지와 트위터 멘션, 디엠을 복구하는 건 불가능하다는 판정이 났다. 딱 하나만 빼고.

김윤주는 트위터 계정을 세 개 가지고 있었다. 주로 사용했던 건 공식 계정 한 개와 비공식 계정 한 개였고 나머지 비공식 계정 한 개는 개설만 하고 거의 사용하지 않았다. 김윤주는 거의 사용한 적이 없는 이 비공식 계정으로 사건 당일 누군가에게 멘션 한 건을 보냈다.

"바다거북 먹을래?"

이규영이 멘션 내용을 그대로 읊자 김윤주는 흐느끼며 들썩이던 몸짓을 멈췄다.

멘션을 받은 상대 계정 역시 삭제된 상태였다. 그런데 제3의 트위터 이용자가 김윤주의 멘션에 답글로 '그거 뭐임? 맛있음?'이라는 게시글을 남겼다. 멘션이 다른 계정에 의해 언급되는 바람에 디지털 공간에 흔적을 남겼고 그것이 복구된 것이었다. 사이버수사팀은 계속하여 통신사를 상대로 멘션을 받은 상대 계정 소유주를 추적하는 중이었다.

"이거 무슨 뜻이니? 바다거북 먹을래,라는 말?"

"……네?"

김윤주가 눈물 젖은 얼굴을 들었다.

"그날 오후 2시 12분에 보냈네. 트위터 멘션."

김윤주의 눈동자가 불안감에 흔들렸다.

"오후 2시 12분이면……."

이규영은 일부러 말을 한 차례 끊었다가 다시 이었다.

"정우를 죽이기 전이니, 죽인 이후니?"

4

서정우의 엄마는 퇴원해서 자기 엄마, 정우의 외할머니 집에 있다고 했다. 이규영은 강력팀장 조재완과 함께 정우의 외할머니 집을 찾아갔다. B시에서 부촌으로 알려진 곳의 단독 빌라였다.

10여 년 전에 죽은 정우의 외할아버지가 자산가였던 덕에 가족에게 많은 재산을 남겼다고 들었다. 그 때문에 정우의 실종 신고가 접수됐을 때 경찰은 돈을 노린 유괴 사건일 수도 있다고 생각했다. 다만 그렇다면 유괴범은 정우의 집안 사정을 잘 아는 사람이어야 했다. 상속 재산은 모두 정우의 외할머니가 관리했고 정우의 엄마나 삼촌은 겉보기에 평범한 생활을 했으며 딱히 물려받은 재산이 있다는 티를 내지 않았다. 더구나 정우의 엄마 서수경은 미혼모였다. 스무 살에 정우를 낳았고 결혼은 하지 않았다. 엄마의 도움을 받아가며 지금껏 남편 없이 홀로 정우를 키워왔다. 유괴범이 노릴 만한 조건은 아니었다.

어쨌거나 돈이 목적이 아니었다는 건 밝혀졌다.

서수경은 초췌한 얼굴로 거실 소파에 앉아 경찰들을 맞았다. 서수경의 모친이 차를 내온 뒤 한구석에 조용히 앉았다. 조재완 팀장이 의례적인 위로의 말을 던졌다. 서수경은 말없이 경찰들이 건넨 사진을 바라보았다.

"모르는 애예요."

서수경은 단언했다.

"이 악마 같은 년의 아빠도, 엄마도 몰라요. 이년이 사는 그 동네엔 아는 사람도 없고 가본 적도 없어요."

이규영은 조재완 팀장과 조용히 눈짓을 주고받았다. 그 점은 그만 물어봐도 될 것 같았다.

"아빠 없이 키운 아이지만…… 그래서 남의 집 애보다 두 배 이상 사랑하며 키우려고 노력했어요. 우리 정우 티 없이, 구김 없이 컸어요. 누구보다 착하게, 예쁘게 자란 애예요. 왜…… 왜 우리 정우에게 이런 일이 일어나야 하는 거예요……. 우리가…… 우리가 그년에게 무슨 잘못을 했기에? 네? 그 악마 같은 년이. 인간 같지도 않은 년. 왜 하필! 왜 하필 우리 아이였냐고요!"

서수경의 얼굴이 붉게 상기됐다. 서수경의 모친이 다가와 한쪽 손으로 눈물을 훔치며 딸의 어깨를 도닥였다.

서수경의 자식 사랑은 유별났다고 주변 사람들은 말했다. 과잉보호라는 말을 들을 만큼 정우를 끔찍이 사랑했다고 했다. 그런 아들을 범죄로 잃은 심정이 어떨지는 감히 상상하기 어려웠다.

지금 수경 씨는 아무것도 생각할 수 없는 상태예요. 서민수의 약혼녀는 말했었다.

"저기, 정우 어머님…… 여쭤볼 게 있는데요."

이규영이 말을 걸었다. 안타깝지만 감상에 빠질 시간이 없었다. 하루속히 진실을 밝히는 것이 이규영의 임무였다.

서수경이 괴로운 한숨을 토하며 이규영을 바라보았다.

"네, 물어보세요."

"낯선 사람에 대한 경계심이 없는 편이었을까요, 정우가?"

"네?"

"그날 정우가요. 왜 처음 보는 김윤주를 따라갔을까요?"

서정우와 김윤주가 그날 처음 만난 사이라고 한다면 가장 크게 의문이 생기는 부분이었다. 정우는 삼촌이 데리러 오기로 되어 있었는데도 처음 보는 여자가 말을 걸자 순순히 따라나섰을 뿐 아니라 여자와 마을버스를 타고 낯선 동네로 가서 여자가 사는 집까지 따라 들어갔다가 변을 당했다.

김윤주는 2차 피의자 신문 때부터 태도를 바꿔 구체적인 범행을 자백했지만 어떻게 정우를 유인했는지에 대한 진술은 회피했다.

"저도 아무리 생각해도 우리 애가 왜 그랬는지 모르겠어요."

한구석에 물러나 앉아 있던 서수경의 모친이 말했다.

"학교 들어갈 때부터 처음 보는 사람이 말 걸며 뭐 줄게 따라와라 해도 절대 따라가면 안 된다고, 저부터 애한테 단단히 주의를 시켰는데요. 험한 세상이잖아요. 정말 뭐에 씌었을까. 우리 아이가 왜 그랬을까. 아이고, 아가……."

서수경의 모친이 비통한 목소리로 말하며 제 무릎을 쳤다.

그 모습을 멍하니 보던 서수경이 천천히 고개를 저었다.

"모르겠어요……."

서수경의 퀭한 눈에 눈물이 고였다. 그날 그 장면을 상상한 모양이었다. 직장에 다니는 언니와 엄마의 옷을 훔쳐 입고 나이 든 어른 여자인 양 꾸미고 나와 정우에게 말을 거는 김윤주. 무릎을 세우고 앉아 정우에게 눈을 맞추고 무슨 말인가 속삭이는 김윤주. 악마의 꼬임에 넘어간 듯 선뜻 김윤주를 따라가는 정우의 모습. 이제 와 상상 속에서 아무리 손을 뻗어도 말릴 수 없고 되돌릴 수 없는 그날의 그 순간.

"조금만 기다렸으면 제 삼촌이 올 거였는데…… 아이고, 아가! 아니다. 아니야. 할머니가 베이징이고 뭐고 가는 게 아니었는데, 우리 아가를 지켰어야 했는데…… 아이고, 우리 아가……."

서수경의 모친이 넋두리를 하며 손수건으로 눈물을 찍었다.

"엄마, 들어가! 듣기 싫어!"

서수경이 신경질적으로 쏘아붙였다.

"그럼 가지 말지 그랬어! 가지 말지 왜 갔다 와서 난리야! 지금 와서 그런 소리 다 무슨 소용이냐고!"

딸의 공격에 설움이 복받친 듯 노인이 서럽게 울었다. 아마도 사건이 일어나고 모녀 사이에 비슷한 설전이 몇 번 벌어진 듯했다. 느닷없이 일어난 크나큰 비극을 마주하고 남은 가족끼리 서로에 대한 원망과 죄책감이 뒤섞여 격돌하는 현장이었다.

분위기가 급격히 무거워졌다. 이규영도 서수경의 모친에게 방에 들어가 쉴 것을 권했다. 그녀는 울면서 방에 들어갔고 서수경도 잠시 화장실에 다녀오겠다며 자리를 떴다.

"팀장님."

팔짱을 끼고 앉아 난처한 상황을 견디고 있는 조재완 팀장이 할 말이 있으면 해보라는 표정으로 이규영을 보았다.

"우연일까요, 이게?"

"뭐가?"

"평소 같으면 정우의 할머니가 하교하기 30분 전부터 학교에 와서 정우를 기다렸다가 데리고 갔어요. 사건이 벌어진 날은 극히 드물게 정우가 일상의 패턴에서 벗어난 날이었다고요. 하필 그날 정우에게 일이 생긴 게 정말 우연이었을까요?"

김윤주는 진짜로 서정우를 몰랐을까. 이규영은 사건을 접했을 때부터 일관적으로 가졌던 의심을 다시 꺼내 들었다. 김윤주는 그날 정우의 상황을 알고 정우를 노려 일을 저지른 것 아닐까.

"운이 없으니까 얄궂게 그렇게 된 거지. 계획한 거라고? 너또 그 말이냐? 김윤주가 정우를 알고 있었고 그날 정우 할머니가 여행 가고 없다는 것도 알았다 치자. 그날 정우 삼촌이 늦을지는 어떻게 알고?"

조재완 팀장은 옷자락을 툭툭 털며 무심한 말투로 말했다.

서수경이 화장실에서 나와 자리로 돌아왔다. 얼굴을 씻은 듯 앞머리가 물에 젖어 있었다.

"죄송해요."

"아, 아닙니다. 지금 마음이 얼마나 힘드시겠습니까. 이해합니다."

조재완 팀장이 달랬다.

"이제 와서 원망해봤자 무슨 소용이겠어요. 엄마도 오빠도······ 전 원망 안 해요. 엄마가 정우에게 그런 무서운 일이 일어날 줄 알고 여행을 가셨겠어요? 정우 생긴 뒤로는 돈 갖고 있어도 어디 한번 맘 편히 여행 간 적 없으신 분인데······ 오빠도······ 오빠도 그날 늦고 싶어 늦었겠어요? 길이 그렇게, 한 시간 넘게 막힐 줄 오빠도 알았겠냐고요."

서수경이 눈을 질끈 감았다. 스스로 맘을 다스리려는 말로 들렸다.

"모든 것은 범인 탓이에요."

이규영이 입을 뗐다.

"오빠분도 본인 탓을 하며 괴로워하셨어요. 부디 그러지 않으셨면 좋겠어요. 어머님도, 할머님도, 오빠분도요. 잘못한 건 김윤주, 그 아이입니다. 할머님이 모처럼 중국 여행을 가신 것도, 오빠분이 정우 수업 끝나는 시간을 착각해서 늦게 나온 것도, 가는 길이 막혔던 것도······ 결코 할머님이나 오빠분의 잘못이 아니에요."

이규영은 열심히 말을 늘어놓았다. 범죄 피해자 가족들이 범죄의 상처를 극복하지 못하고 서로를 원망하다 관계의 파탄을 맞는 상황을 진심으로 막고 싶었다. 어떤 말이 더 확실한 위로가 될 수 있을까, 골몰하던 이규영은 문득 입을 닫았다.

서수경이 의아한 눈으로 이규영을 보고 있었다.

"저…… 왜 그러시죠?"

조재완 팀장이 긴장하며 두 사람 사이를 살폈다.

"오빠가…… 정우 수업 끝나는 시간을 착각했다고요? 누가 그래요?"

당면한 궁금증 앞에 서수경은 분노도 슬픔도 잠시 잊은 듯했다.

"아, 서민수 씨가 경찰서 오셨을 때…… 월요일에도 정우 수업이 5교시까지 하는 걸로 착각하고 계셨다가 늦게 출발했다고……."

이규영의 말에 서수경은 눈살을 찌푸렸다.

"무슨 소리예요? 제가 그날 오전에 오빠에게 문자를 몇 번이나 보내서 일렀는데요. 제가 12시 좀 전에 확인 전화도 했었어요. 그때 오빠가 분명히 방금 출발했다고 했다고요. 사고가 나서 대로가 엄청 막히고 우회로로 가려고 했다가 길을 잘못 들고 그래서 늦은 거라고. 저에겐 그렇게 말했는데. 형사님이 오빠에게 직접 들은 말이에요?"

"네, 일전에 결혼하실 분이랑 같이 경찰서에 오셔서 제게……."

"뭐라고요?"

서수경이 발끈하며 자리에서 일어섰다.

"그 여자가 왔어요? 윤다해, 그 여자가 오빠랑 같이 왔다고요?"

"아, 네……. 그게……."

"그 여자가 뭐라고! 그 여자가 어디라고 오빠랑 같이, 네? 그것도 결혼할 사이라며 나타나요?"

"결혼할 사이가…… 아닌가요?"

"나 참 어이가 없어서! 지가 뭐라고! 새빨간 거짓말쟁이 주제에!"

입에 거품을 물고 소리치는 서수경을 올려다보며 이규영은 생각했다.

약혼녀 이름이 '윤다해'인가 보구나.

생각해보니 이규영은 서민수와 불쑥 동행하여 나타난 약혼녀의 이름을 묻지도 않았었다.

5

"그냥 커뮤 뛰다 알게 된 캐인데, 바다거북 수프 게임하며 놀던 사이예요. 이 사건이랑은 아무 상관없고요. 말씀 안 하셨으면 보낸 줄도 몰랐을 거예요. 진짜 1도 기억 못 하고 있었어요. 치치가 보냈나 봐요. 그 와중에. 놀자고."

김윤주가 말했다.

"바다거북 수프 게임?"

"모르세요?"

상대가 모르는 걸 설명해야 하는 상황이 기쁜 듯 김윤주는 술술 말을 이어갔다.

먼저 문제를 내는 사람이 수수께끼 같은 이야기를 던져줘요. 그럼 문제를 푸는 사람이 그것과 관련된 질문을 마구 하는데, 어떤 질문이든 괜찮아요. 문제 내는 사람은 꼭 답을 해야 하고요. 그런 식으로 질문과 답을 통해 진실이 뭔지 추리하는 게임이에요. 대표적인 게 바다거북 수프 문제라서 바다거북 수프 게임이라고 불러요.

바다거북 수프 문제는 이거예요. 어떤 남자가 레스토랑에 들어가서 바다거북 수프를 주문했어요. 수프가 나왔죠. 남자는 수프 맛을 보더니 셰프를 불러서 내가 먹은 게 바다거북 수프가 맞느냐고 물어봐요. 셰프는 맞다고 하고요. 그런데요. 그날 남자는 집으로 돌아가서 목매고 자살해버려요. 이 남자는 왜 자살을 했을까요?

답은 이거예요. 남자는 예전에 조난을 당한 적이 있어요. 여러 날을 굶자 같이 조난당한 사람들이 하나둘 죽었죠. 남자도 거의 죽기 직전이었는데 누군가가 바다거북을 잡아 수프를 끓였다며 남자에게 줬어요. 남자는 수프를 먹고 살았고 구조됐어요. 그런데요. 한참 세월이 지나 남자가 레스토랑에서 맛본 바다거북 수프는 조난당했을 때 먹은 그 맛이 아니었던 거죠. 남자는 예전에 자기가 먹은 게 먼저 죽은 사람의 인육으로 만든 수프라는 걸 알게 되었고, 죄책감이 들어서 자살했다는 게 이 문제의 정답이에요. 어때요. 형사님은 맞힐 수 있겠어요?

말을 마친 김윤주가 미소 지었다.

"그러면서 논다고?"

이규영이 말했다. 사람을 죽일 때도,라는 말은 생략했다.

"네, 멘션 보낸 그 사람. 예전에 마피아 커뮤 뛸 때 만났던가 그랬을 텐데. 아닌가? 어쨌든요. 어쩌다 일대일 역극하다가 바다거북 수프 게임 시작했는데, 잘 맞았어요. 아, '역극'은 역할극 말하는 거예요. 그때부터 그 말이 신호였어요. 바다거북 먹을래?"

이규영은 빈 종이에 볼펜으로 의미 없는 선을 그리며 잠시 생각에 잠겼다.

"한번 해보실래요? 저랑?"

김윤주가 발랄한 목소리로 말했다.

"뭘?"

"바다거북 수프 게임이요."

이규영은 의자에 등을 기대며 천천히 고개를 끄덕였다. 눈앞의 대상을 조금은 이해할 수 있는 계기가 될지도 모른다는 기대와 약간 쉬어 가고 싶은 마음이 뒤섞인 수락이었다.

"좋아요. 들어보세요. 어떤 여자가요. 외출하고 돌아와 보니 집에 도둑이 든 걸 알게 됐어요."

김윤주는 이규영을 향해 몸을 기울이며 자못 진지하게 말을 이었다.

"여자가 평생을 벌어서 산 보석이며 집에 있던 돈이며 가구며 도둑이 싹 다 털어 간 거예요. 집이 완전 텅텅 비어가지고, 여자는 방방마다 다니며 미친 듯이 울었어요. 그런데요. 갑자기 타는 냄새가 진동을 하더니 밖에서 누군가 '불이야! 불이야!' 외치는 거예요. 여자는 급히 집을 빠져나갔죠. 나와서 뒤돌아보니 집이 불에 활활 타고 있었어요. 여자는 불타는 집을 보면서, 이번에는 미친 듯이 웃었어요. 여자는 왜 웃었게요?"

이규영은 눈 사이를 찡그렸다.

"그게 문제야?"

"네, 여자는 왜 웃었을까요? 맞히려면 질문을 해보세요. 저에게."

"글쎄······. 비싼 화재보험에 가입했다든가, 뭐 그런 거 아닐까? 여자가 집에 보험을 들었니?"

"아니에요."

김윤주는 힘차게 고개를 저었다.

"그럼 뭐, 너무 슬프면 웃음이 나는 그런 병이 있었나? 여자에게 특이한 정신질환이 있었어?"

"아니요."

김윤주는 고개를 저으며 손가락 하나를 세워 들었다.

"틀렸지만 접근은 좋았어요. 형사님."

10대 살인 용의자와 게임을 하며 칭찬을 듣다니 내가 지금 뭐 하는 건가 싶었지만 이규영은 조금만 더 받아주기로 했다.

"좋아, 정답. 마침 도둑맞지 않았으면 불에 다 타버렸을 건데 도둑만 잡으면 재산을 찾을 수도 있으니까, 그 생각을 하니까 안도해서 웃었다."

"아닌데요. 근데 그 말도 약간 그럴듯하네요."

"음······ 혹시 도둑이 아직 집 안에 있었니?"

"아뇨. 왜요? 도둑이 불에 타 죽으니까 좋아서 웃었다고요?"

김윤주는 재밌다는 듯 입을 활짝 벌려 웃었다.

이규영은 여기까지 하기로 했다.

"그것도 아니면 모르겠다, 나는. 뭔데? 정답이?"

김윤주는 거만한 표정으로 여유를 부리더니 말했다.

"불타고 있던 건 여자의 옆집이었던 거예요. 여자는 옆집이 불에 활활 타는 걸 보면서 기뻐서 웃었어요."

"……왜?"

"이제 나보다 옆집 사람이 더 불행해졌구나, 하고요."

김윤주가 입꼬리를 씩 들어 올리며 웃었다. 상대의 고통은 아랑곳하지 않는 잔인함이 번뜩이는 미소였다.

이규영은 눈앞의 용의자가 잔혹한 아동 살인범이라는 사실을 잠시 잊고 있었다.

"그거 알아요, 형사님? 아무리 해도 행복해지지 않으면. 정말 별짓을 다 해도 행복해지지 않으면 어떻게 해야 하는지?"

"글쎄. 어떻게 해야 하는데?"

"내 주변에 있는 사람을 불행하게 만들면 돼요."

음산한 목소리였다.

"그럼 내가 좀 행복해진 것 같은 기분이 들잖아요."

"그래서 정우를 죽였니?"

오싹한 기분에 이규영은 화도 나지 않았다.

김윤주는 어깨를 떨구며 한숨을 쉬었다. 놀랍도록 빠르게 슬픈 표정이 되어 김윤주는 시무룩하게 말했다.

"아이참. 정말 미안한데요. 그 아이는 이미 죽었잖아요. 진짜 미안한 일이지만 그렇게 돼버렸잖아요. 지금 살아 있는 사람이 더 중요하지 않을까요?"

이규영은 팔짱을 낀 자세로 김윤주를 노려보며 침묵으로 대답을 대신했다.

김윤주는 머리를 벅벅 긁고 통통한 제 볼살을 꼬집어보기도 하더니 뭔가 결심한 듯 입맛을 쩍 다셨다.

"정확히 기억은 안 나지만…… 한강에 버렸어요."

"뭘?"

"손목……이요."

이규영은 정신이 번쩍 났다. 김윤주가 정우의 손목에 관해 언급한 것은 처음이었다.

"2호선을 탔다가, 4호선도 탔다가…… 강이 보여서 내렸어요. 뭔지는 모르지만 다리를 건너다가 가방에서 그걸 꺼내가지고…… 던져버렸어요. 겁나서요. 가지고 있다가 들킬 것 같아서. 그거 들키면 빼도 박도 못 하잖아요."

김윤주는 더 이상 인격이 바뀌는 시늉은 하지 않았지만 정우의 손목을 찾을 수 있을 만한 구체적인 진술도 하지 않았다. 다만 그날 다른 사람을 만나거나 연락했느냐는 질문에는 극구 부인했다. 모든 것은 다 자기가 했다. 진짜 사람의 손목을 가지고 싶었다. 가상 세계의 역할극에 빠져 있다 보니 현실과 상상의 경계가 어느 순간 희미해졌다. 그날의 일도 가상 세계에서 벌어진 것 같고 아직까지 현실이라는 실감이 안 난다며 어떤 부분은 자세하게, 어떤 부분은 모호하게 선택적으로 자백했다.

어떤 말로 정우를 집까지 따라오게 만들었느냐는 부분도 모호하게 얼버무리는 지점이었다.

"가방에 달린 이름표 보고, 저 아이가 서정우인 것 같아서 이름 부르면서 다가가니까요. 그냥 걔가 대번 마음을 놓았던 것 같은데……. 자기 이름을 알고 있으니까요. 왜 집에 안 가고 있느냐고 물으니까 삼촌이 데리러 오기로 해서 기다리는 거라고…… 한 것 같아요. 그래서…… 누나가 삼촌 아는 사람인데 삼촌이 급한 일 생겨서 누나가 대신 데리러 왔다고…… 누나 집에 가자고…… 그럼 삼촌이 누나 집으로 데리러 올 거라고…….."

"그러니까 정우가 따라갔다고? 마을버스 타고 네 집까지?"

납득이 안 되는 설명에 다그쳐도 김윤주는 그냥 일이 그렇게 풀렸다고만 할 뿐이었다. 가족 모두 직장에 가서 비어 있는 집에 정우를 데리고 들어가 탄산음료를 권한 다음, 뒤에서 덮쳐 노끈으로 정우의 목을 조른 과정이나 숨이 끊어진 걸 확인하고 칼로 손목을 자른 과정은 상세히 얘기했다. 별다른 죄책감이나 후회는 느껴지지 않는 말투였다. 사이버 캐릭터가 무용담을 늘어놓는 것 같았다.

"네가 휴대폰으로 정우에게 뭔가 보여주면서 말을 했다던데. 뭐였지?"

김윤주와 정우의 만남을 끝까지 지켜본 정우의 친구 준혁의 목격담이었다. 김윤주는 고개를 갸웃했다.

"제가요?"

준혁은 정우가 그 아줌마와 그 아줌마 휴대전화 화면을 보며 얘기를 나누더니 친구들에게 이만 집에 가겠다고 외쳤다고 했다.

"그런 적 없는데요?"

6

정우의 삼촌 서민수는 12시에 조퇴하겠다고 조퇴계를 냈고, 실제로는 11시 45분경 회사를 나간 것으로 밝혀졌다. 서민수의 차는 11시 48분 회사 주차장을 나왔다. 동생 서수경이 11시 57분에 서민수의 휴대전화로 전화를 걸었다. 서민수는 이제 막 정우를 데리러 출발했다고 말했다. 서수경은 고마움을 표시했고 남매의 통화는 짧게 끝났다.

그러나 그때 서민수는 신촌에 있는 한 패션 쇼핑몰의 지하 주차장에 있었다.

"정우 데리러 같이 가려고 했다고요?"

이규영은 마주 앉은 참고인에게 물었다. 참고인은 오늘 아침 수사관의 임의동행 요구에 응해 경찰서로 왔다.

"할 일도 없고 그냥 같이 가고 싶더라고요. 이 기회에 정우랑 친해지고 싶기도 했고. 회사 앞에서 오빠 만나서 차에 탔어요."

"좋아요. 다 좋은데요."

이규영은 말을 멈추고 윤다해를 한번 칩떠보았다.

"옷을 꼭 그날 환불받아야 했나요?"

힐난이 담긴 말투였다. 앞서 서민수를 불러 조사했을 때 나온 얘기가 너무 기막혀서였다.

"가는 길이잖아요. 진짜 간단히 refund만 받고 나올 생각이었다고요. 후딱 갔다 오려고 했는데. 어휴."

윤다해가 애석하다는 듯 한숨을 쉬었다.

윤다해는 서민수를 주차장에 남겨놓고 혼자 쇼핑몰에 올라 갔다. 5분도 걸리지 않을 거라고 했지만 10분이 넘도록 오지 않았다. 서민수가 전화를 걸었지만 윤다해는 계속해서 받지 않았다. 여덟 번째 시도에서 겨우 통화가 연결되었다. 서민수는 어디 있는 거냐고 왜 내려오지 않는 거냐고 물었다. 휴대전화 저편에서 여자의 거친 숨소리인지 신음인지 알 수 없는 소리 만 들리더니 전화가 뚝 끊겼다. 그 뒤로는 또 통화 불능이었다.

"Mobile phone을 잃어버렸어요. 진짜 완전 go up the wall! 미치는 줄 알았다고요. Phone case에 credit card도 껴 있고 다 있는데."

윤다해는 잃어버린 휴대전화를 찾아 쇼핑몰 곳곳을 누볐다. 같은 시각 연인에게 혹시 무슨 일이 생긴 건 아닌가 불안감이 치솟은 서민수는 쇼핑몰로 올라갔다. 서민수는 경찰에 신고해 야 하는 건 아닌가 생각하며 112 번호까지 눌렀다가 말았다 고 했다. 서민수는 여성복 매장을 뛰다시피 둘러보며 윤다해 를 찾았다.

12시 26분, 서민수의 휴대전화로 그렇게 기다리던 윤다해의 전화가 걸려 왔다.

"Refund 하러 가기 전에 화장실에 잠깐 들렀었거든요? 세 번째로 찾으러 갔을 때 발견했어요. 나 참. 청소 용품 넣어두는 칸 바닥에 있는 거 있죠?"

지금 생각해도 어떻게 된 영문인지 알 수 없다는 듯 윤다해는 양손을 들어 올렸다. 화장실에서 윤다해의 휴대전화를 주운 누군가가 서민수가 건 전화를 받아 수상한 숨소리를 남기고는 청소 용품실에 던져두었다는 말이다. 그런 장난을 하는 사람이 있을까? 뭐 없지는 않겠지. 이규영은 일단 말을 끝까지 들어보기로 했다.

두 연인은 12시 30분경 여성복 매장이 있는 쇼핑몰 4층에서 다시 만났다. 혼이 빠져 있었던 서민수는 그제야 정신을 차리고 정우의 친구 준혁에게 전화를 걸었다. 마침 종례 시간이 되어 선생님에게 맡겨둔 휴대전화를 돌려받은 준혁이 전화를 받았다. 서민수는 정우를 바꿔달라고 한 뒤 삼촌이 늦을 것 같으니 기다려달라는 말을 했다. 문제는 그 뒤에 또 주차장에서 발생했다. 이번에는 서민수의 자동차 스마트키가 보이지 않았다. 둘은 다시 왔던 길을 거슬러 올라갔고 우여곡절을 거쳐 유실물을 맡아주는 고객센터에서 겨우 스마트키를 찾았다. 모든 소동이 끝났을 때는 오후 1시에 가까워져 있었다.

드디어 출발할 수 있게 되었을 때, 윤다해는 서민수에게 혼자 정우를 데리러 가라고 하고는 서민수와 헤어졌다.

"너무 진도 빠지고…… 생각해보니 내가 안 가는 게 좋겠더라고요."

"왜죠?"

윤다해가 눈살을 찌푸렸다.

"수경 씨가 저를 안 좋아하거든요. 내가 같이 정우를 데리러 간 걸 알면…… 그것도 늦게 간 걸 알면 난리 칠 것 같아서요. 오빠 혼자 가라고 하고 저는 그냥 집에 갔어요."

그 여자 입에서 나오는 건 숨 쉬는 것 빼고 다 거짓말이라고요.

이규영은 서수경이 분노에 떨며 말하던 걸 떠올렸다. 형사들이 집에 찾아갔던 날, 그런 여자와 오빠가 결혼하는 건 절대 있을 수 없는 일이라며 서수경은 슬픔도 잊고 소리쳤다.

"이럴 줄 알았으면 애초에 같이 간다고 하질 않는 건데……."

윤다해는 후회하는 표정을 지었다. 살인 과정을 자백할 때조차 아무런 죄책감을 느끼지 않는 김윤주와는 달랐다. 감정이 담긴 반응이었다. 이것이 연기라면 아주 잘하는 거라는 생각이 들었다.

하필이면 그날 그 상황에서 윤다해가 휴대전화를 잃어버리고 연이어 서민수가 자동차 키를 잃어버린 것.

우연일까?

이규영은 눈앞의 여자를 보았다. 일부러 휴대전화에 수상한 신음을 남기고, 얼이 빠져 있는 서민수에게서 자동차 스마트 키를 슬쩍 빼돌리는 여자의 행동을 상상했다.

"네. 그렇다고 치고."

이규영은 싸늘하게 말했다.

"그런데 왜 지난번 서민수 씨와 왔을 때는 거짓말을 했죠?"

"오빠가 너무 죄책감을 느끼니까요!"

윤다해의 눈꼬리에 눈물이 맺히더니 톡 떨어졌다.

"저도요⋯⋯. 결과적으로 저 때문에 정우가 그런 끔찍한 일을 당했다고 생각하니까⋯⋯ 그날 제가 같이 가자고 하지만 않았어도⋯⋯ 아니, 쇼핑몰에 들르자고 하지만 않았어도⋯⋯ 정우가 그렇게 되지 않았을 수도 있다고 생각하니까⋯⋯ 무서웠어요. 사실대로 말하는 게 너무⋯⋯ 그래서 우리끼리 그냥⋯⋯."

"정우 학교 끝나는 시간을 착각해서 늦은 것으로 해달라고 했군요."

그리고 서민수가 시킨 대로 잘 말하는지 감시하려고 같이 경찰서에 온 것이다.

"오빠가 그렇게 하자고 했어요! 자기가 늦어서 일이 이렇게 됐다고 오빠가 너무 괴로워하면서…….."

윤다해는 살짝 발끈하다가 이규영의 눈빛을 느끼곤 고개를 떨궜다.

"죄송합니다……. 어쨌든 누가 먼저 그러자고 했든지 간에…… 수경 씨에게 너무 미안해서…… 도저히 사실대로 말할 수가 없었어요…….."

윤다해가 소리 내어 흐느꼈다.

오빠가 결혼할 여자라고 소개해주는데 첫 만남부터 그 여자, 저는 이상했어요. 느낌이 안 좋더라고요.

이규영의 머릿속에서 서수경의 흥분된 목소리가 되살아났다.

겉보기엔 예쁘고 애교도 많고 남자가 반할 만하게 생겼어요. 오빠보다 나이도 훨씬 어리고요. 그런데 이 여자가 자기에 대해 하는 말을 들어보면, 들으면 들을수록 현실이 아닌 것 같고, 뭐랄까 드라마에 나오는 이야기들을 오려놓은 것 같은 거예요. 이전에 허언증이 있는 사람을 겪어봐서 알았죠. 아, 얘도 허언증이구나.

예를 들면 자기가 Y대 정외과에 수석 입학을 했는데 한국의 대학 교육에 환멸을 느껴 자퇴하고, 훌쩍 미국에 건너가 SAT를 봤는데 콜롬비아 대학에 덜컥 합격을 했고, 거기서 세계적 석학으로 불리는 교수의 눈에 띄어 연구를 돕고 후원을 받아가며 공부하다가, 대학 졸업반 때 엄청난 경쟁률을 뚫고 유엔 산하 정치 연구소에 연구원으로 들어갔다는 식이라고 서수경은 말했다. 그러다 유엔이라는 조직이 가진 위선과 부조리에 또 환멸을 느껴 휴직을 하고 한국에 건너와서 서민수를 만났다는 스토리였다고 했다.

그러면서 말끝마다 자기가 뭔가 대단한 문제의식이 있는 엘리트인 척 영어를 섞어 말하고 세상 모든 것을 비판하는데 갈수록 구체적인 부분에서 뭔가 앞뒤가 안 맞는 거예요. 특히 학력 부분에서 굉장히 미심쩍었어요. Y대 교학과에서 일하는 선배가 있거든요. 좀 알아봤죠.

그래서 제가 몇 번 거짓말 아니냐고 지적했는데 그러면 또 아무렇지도 않은 척 둘러대고 넘어가요. 그리고 그 여자, 따져 보면 정작 지금 하는 일은 없어요. 그냥 백수예요. 명품 좋아하는 백수. 그러다 알게 됐죠. 그 여자가 오빠 돈을 쪽쪽 빨아먹고 있다는 걸. 지금 사는 오피스텔도 오빠가 얻어준 거고 시시때때로 가는 해외여행 비용도 오빠가 대준 거고요. 그것도 모자라서 오빠는 그 여자가 꾀는 대로 돌아가신 아빠가 남겨준 자기 몫의 재산을 직접 관리하겠다고 엄마에게 조르고 있다는 걸.

그런데 타고나길 순한 성격에 거의 인생 처음 하는 연애에 푹 빠져 있는 서민수는 아무리 옆에서 뭐라고 해도 윤다해라는 여자를 바로 볼 생각을 하지 않았다고 했다. 서수경의 모친도 별다를 게 없었다. 윤다해라는 여자의 애교와 말솜씨에 어느새 넘어갔는지 서수경의 반응을, 오빠를 다른 여자에게 빼앗긴 여동생의 유난스러운 질투 정도로 취급했다.

서수경은 오빠가 윤다해와 결혼하는 걸 보고만 있지 않겠다고 말했다. 둘의 결혼을 막기 위해서 앞으로도 자신이 할 수 있는 모든 것을 하겠다고 했다. 진심이었다.

"김윤주, 알았죠?"

이규영의 물음에 윤다해는 흐느낌을 멈추고 고개를 들었다.

눈물 젖은 얼굴에 긴장감이 서렸다. 어떻게 대답하는 게 좋을지 저울질하는 속내가 느껴졌다.

"김윤주 아는 애잖아요? 알면서 모르는 척 지난번에 거짓말했죠. 자, 지금부터 거짓말은 더 하지 않는 게 좋을 거예요. 여덟 살짜리 애가 죽은 사건이에요."

윤다해는 입을 꾹 닫았다. 경찰이 어디까지 알고 있는지 모르니 함부로 인정할 수도 부인할 수도 없었다.

"바다거북 먹을래?"

이규영이 말했다.

1초, 2초, 3초. 시간이 흘렀다.

윤다해가 미간을 찡그렸다.

"……얼굴은 몰랐어요. 본명도요."

"알고 있었다는 말로 듣겠습니다. 언제부터 알았죠? 트위터 쥬나를?"

윤다해가 자리에서 벌떡 일어나 옆 의자에 놓아둔 핸드백을 챙겨 들었다.

"이만 가야겠어요. 약속이 있어서. 갑자기 찾아와서 막무가내로 경찰서로 가자고 하시니까 오긴 왔는데. 이건 아닌 것 같아요. 저도 제 일정이 있잖아요. 나중에 또……."

"앉으세요."

이규영은 재킷 속주머니에서 영장을 꺼내 펼쳐 보였다.

"윤다해 씨. 피해자 서정우에 대한 사체유기죄…… 일단은 사체유기죄로 체포합니다. 지금부터 윤다해 씨는 피의자 신분으로 전환됩니다. 윤다해 씨에게는 변호인을 선임할 권리가 있고, 진술을 거부할 권리가 있고, 체포 적부심을 청구할 권리가 있습니다."

윤다해는 하얗게 질린 얼굴로 이규영이 손에 든 영장을 바라보았다. 이런 일이 일어날 리가 없다는 표정이었다. 윤다해는 이제 자유롭게 나가지 못하게 된 조사실 문을 힐끔 보았다.

이규영은 조금은 과장된 몸짓으로 맞은편 의자를 가리켰다.

"앉으세요, 세실리아 황제 폐하."

윤다해는 당황한 와중에도 분노로 얼굴을 움찔거렸다.

이규영은 결전의 마음을 다졌다. 이규영의 생각이 옳았다. 김윤주의 뒤에는 누군가 있었고 이규영은 그 사람을 찾았다. 진실게임의 대상이 이제 두 명으로 늘었다.

죄수의 딜레마.

게임에서 이기기 위한 이규영의 전략이었다.

7

CCTV는 엘리베이터 문과 우측 벽에 붙은 우편함을 비췄다. 검은색 바람막이 점퍼의 후드를 머리에 쓰고 작은 백팩을 둘러멘 사람이 화면에 나타났다. 카메라 각도상 얼굴은 확인할 수 없었지만 젊은 여자로 보였다.

여자는 주변을 조심스레 둘러보며 우편함으로 다가갔다. 오가는 사람이 없는 걸 확인하고 여자는 백팩에서 입구 부분을 반으로 접은 쇼핑백을 꺼냈다. 여자는 우편함 한 곳에 쇼핑백을 집어넣고 다시 한번 주변을 살폈다. 오피스텔 주민인 것 같은 남자 한 명이 현관 쪽에서 나타났다. 남자는 바지 주머니에 손을 넣은 채 터덜터덜 걸어와 엘리베이터 버튼을 눌렀다. 후드를 쓴 여자는 휴대전화를 보며 우편함 근처에서 서성였다.

남자가 엘리베이터를 타고 올라가자 여자는 재빨리 쇼핑백을 넣어둔 우편함을 열고 휴대전화로 사진을 찍었다. 여자는 찍은 사진을 확인하는 듯하더니 계속 휴대전화를 조작하며 화면 밖으로 사라졌다.

"윤다해에게 메시지 보낸 거니?"

이규영은 노트북을 자기 쪽으로 돌리며 물었다.

"그렇죠, 뭐."

김윤주가 답했다.

"뭐라고 보냈어?"

"바다거북, 우편함에 넣어뒀다고요."

김윤주는 윤다해와의 사이에서 '바다거북'이 인육을 뜻하는 암호라고 했다. 바다거북 수프 게임의 소재에서 착안한 거였다.

"윤다해가 거기 넣어두라고 했구나."

"아, 아니라니까요."

김윤주는 살짝 짜증까지 내며 부인했다.

"다 제가 한 거라고 여태까지 말씀드렸잖아요. 제가 그냥 세실리아 님에게 선물하고 싶었다니까요."

"윤다해 집은 어떻게 알았어?"

"몇 번 만났을 때 집까지 바래다드렸으니까요. 선물 드리고 싶으면 우편함에 넣어두곤 했어요."

"선물? 그전엔 무슨 선물을 줬는데?"

"빵이요."

김윤주는 피곤한 듯 눈을 비볐다.

"빵?"

이규영은 김윤주의 집에 전문가용 오븐을 비롯해서 제빵을 할 수 있는 각종 장비가 갖춰져 있던 걸 기억했다. 태블릿으로 그림을 그리고 사이버 세상에서 노는 것 외에 김윤주에게는 빵을 만드는 취미가 있었다. 중학교 졸업반 때는 제과제빵 전문 특성화고 진학도 생각해본 적이 있다고 했다.

"네. 제가 만든 빵이요. 컵케이크나 쿠키 같은 거. 맛있다고 좋아하셨어요. 가장 최근에는 고기파이도 만들어서 선물한 적이 있었죠. 그걸 가장 좋아하셨다고요."

그래서 아이의 손목도 넣어두면 좋아할 거라고 생각했다는 건가. 이규영은 머리가 지끈 아팠다. 윤다해와의 관계가 탄로 난 뒤로 김윤주는 시종일관 이런 식의 자백을 이어갔다.

김윤주는 알렉산드리아의 겨울 커뮤 활동이 끝나고도 윤다해와 개인적인 만남을 이어갔다고 했다. 윤다해에게 호감을 느낀 김윤주가 먼저 연락했다. 둘은 세실리아 황제와 올가 근위대장이라는 서로의 역할에 심취해 있었다. 김윤주에게 윤다해는 여전히 두려움과 숭배의 대상이었다. 어떤 가학적인 명령이 떨어져도 절대적으로 복종해야 하는 절대군주였다. 둘은 일상적인 대화를 하다가도 언제든 커뮤 세계관으로 돌아가 역할극을 하며 놀았다. 나중에는 어떤 것이 일상적인 대화이고 어떤 것이 역할극 대화인지 구분할 수 없는 지경이 되었다. 절대 황권을 가진 알렉산드리아의 군주, 탐욕스러운 세실리아 황제는 계속하여 인육을 원했다. 김윤주에게 언제까지 인육을 구해 오지 못하면 벌을 내리겠다고 했다. 명령의 강도는 점점 강해졌으며 김윤주는 압박을 느꼈다. 말미가 연기될수록 황제의 꾸지람은 혹독해졌다. 황제는 이달 말일이 최종적인 말미이고 더 이상의 기회는 없을 거라고 했다. 김윤주는 인육을 바치지 못하면 세실리아 황제가 자신을 떠날 것 같아 초조해졌다. 세상을 지배하고 다스리는 자, 나의 주인, 나의 모든 것. 세실리아 황제가 나를 떠난다면 이 세상도 자기 자신도 모두 끝나버릴 것만 같았다고, 김윤주는 진심으로 고통스러운 표정으로 말했다. 라라가 고통스러워하자 치치가 자신이 그 일을 하겠다고 나섰다. 라라는 말릴 수 없었다. 고통이 강해질수록, 현실과 가상 세계와의 경계가 희미해질수록 잔혹하고 냉정한 치치의 힘은 커져만 갔다.

형사님이 믿든 안 믿든 제 안에 치치는 있어요. 김윤주는 확신을 담아 말했다.

"그런데 왜 하필 서정우였지?"

이규영은 목소리를 높였다.

"윤다해와 상관없이 너 혼자 저지른 일이라며. 그런데 왜 윤다해와 관련이 있는 아이를 죽인 거지?"

김윤주는 꿈꾸는 듯한 눈으로 어깨를 으쓱했다. 다른 생각에 빠진 것 같았다.

"……그런데요, 형사님."

"뭐야."

"제 사건, 유명해요? 엄청 난리 났어요?"

김윤주의 눈이 뭔지 모를 만족감으로 빛났다.

"누가 그래?"

"어제 변호사님이요. 저 때문에 막 나라가 발칵 뒤집혔다던데. 그 정도예요?"

김윤주의 부모는 뒤늦게 변호사를 선임했다. 변호사는 어제 김윤주와 첫 접견을 했다. 변호사에게 사건에 대한 언론과 대중의 반응을 들은 모양이었다.

"그건 나중에 얘기하고, 왜 서정우였냐고?"

이규영의 차가운 말투에 김윤주는 입술을 한번 씰룩이더니 답했다.

"세실리아 님이 남자친구와 함께 걔 학예회에 간 적 있었는데요. 걔 손이 예쁘다고 했어요. 조그만 손으로 바이올린 켜는 게."

"정우 손이 예쁘다고 했다고?"

"네. 갖고 싶은 손이라고…… 먹고 싶다고…… 아주 탐난다고 하셨어요."

이규영은 울컥 욕지기가 올라오는 걸 참았다.

"그래서?"

"그래서 뭐요. 이왕 선물 드릴 거 걔를 드리면 좋을 것 같아서 제가……."

이어지는 추궁에도 김윤주는 윤다해의 공모를 꾸준히 부인했다. 하굣길에 매일 정우를 데리러 오던 정우의 외할머니가 하필 그날 여행을 간 사실, 그래서 그날은 정우의 삼촌이 정우를 데리러 오기로 했던 사실, 그런데 윤다해가 중간에 끼어들어 쇼핑몰에 들러 시간을 지체시키는 바람에 삼촌이 늦게 왔고 그 사이 김윤주가 범행을 저지를 수 있었던 사실 모두 우연이라고 했다.

일찍이 이규영은 김윤주가 자백을 시작한 시점에 주목했다. 미심쩍은 정신병을 핑계 대며 대답을 회피하던 김윤주는 범행

당시 윤다해에게 보낸 트위터 멘션이 들통난 때에 태도를 바꿨다. 그 전까지는 베일에 싸여 있던 윤다해의 정체가 드러날 위기에 처하자, 돌연 모든 것이 자신의 독자적인 범행이라고 주장한 것이다. 그 순간 이규영은 김윤주의 트위터 멘션 상대자가 공범이라고 직감했다.

"윤다해, 세실리아 황제가 그렇게 사람의 손목을 원했어? 진짜 사람의 손을?"

"저는…… 그렇다고 생각했어요."

"왜? 쎄 보이고 싶어서?"

"치. 형사님은 이해 못 하실 거예요. 우리 세계관을……. 우리끼리 통하는 그런 게 있어요. 미안하지만 그건…… 선이니 악이니 하는 것과는 관계없는…… 그걸 초월한 거예요. 보통 사람은 이해할 수 없는 거고 이해해달라고 바라지도 않아요."

김윤주가 마음이 상했는지 입술을 앙다물었다.

이규영은 자리에서 일어나 진술녹화실 안을 몇 걸음 서성였다.

"그런데 어쩌지?"

이규영은 진술녹화실 벽에 등을 기대고 섰다.

"윤다해는 네 선물이 정말 거추장스러웠대. 인터넷에서 만난 정신 나간 10대가 말이야. 자기 하는 말이 진짠지 가짠지도 모르고 자길 엄청 곤란하게 했다고 화를 펄펄 내던데? 그래, 윤다해도 다 네가 꾸민 짓이라고 하긴 하더라. 진짜 사람 손을 갖다주면 어떡하냐고. 아주 제대로 미친 애를 만나서 인생을 망쳤다고. 화내고 울던데?"

잠시 침묵이 흘렀다.

"……거추장스러웠다고요?"

김윤주는 일그러진 표정으로 이규영을 쏘아보았다.

"아까 바깥에서 네 사건, 유명하냐고 물었지?"

이규영은 다시 자리에 앉았다.

"그래 유명해. 아주 나라가 발칵 뒤집혔고 난리도 아니야. 어떻게 10대 여고 자퇴생이 어린아이를 상대로 이런 잔혹한 짓을 할 수 있냐고 말이지. 그런데 10대라서 사형이나 무기징역은 못 때려. 그게 말이 되냐고 법을 바꿔야 하는 거 아니냐고 아주 여론이 시끄러워."

이규영은 잠시 말 사이를 띄웠다. 김윤주의 표정이 좋지 않았다.

"미성년자에게 내릴 수 있는 법정 최고형이 20년이야. 이렇게 여론이 시끌시끌하니 내 예상에 너 아마 징역 20년 받을걸. 그럼 형기 끝나면 서른여덟 살이겠네. 어쩌지. 서른여덟 살까지 교도소에 갇혀서 자캐 커뮤도 못 뛰고 너 좋아하는 빵도 못 만들 거야. 커뮤러들이 면회는 와줄까?"

"군주는 원래 그렇게 말하는 거예요!"

김윤주가 버럭 소리를 질렀다.

"뭐라고?"

"군주는요. 신하에게 선물을 받아도 표 나게 기뻐하는 게 아니에요! 군주의 명령을 따르는 건 신하로서 당연한 거니까요!"

"아하, 그래?"

김윤주는 거친 숨을 씩씩거리며 내쉬었다. 이규영은 이때라는 생각이 들었다. 김윤주의 마음에 소용돌이치는 불안을 더 키워줄 때였다.

"안타깝다. 너는 세실리아 황제에게 이렇게 충성을 다하고 있는데…… 세실리아 황제에게 인육을 바치기 위해. 오직 그것을 위해 여덟 살짜리 아이도 죽이고 이렇게 범죄자가 되었는데 말이야. 온 국민이 지탄하는 범죄자. 앞으로 20년간 감옥에서 청춘을 바치며 썩어갈."

이규영은 몸을 숙여 김윤주에게 얼굴을 바짝 들이밀고 속삭였다.

"그런데 잘 생각해봐. 세실리아 황제가 너에게 원한 건, 정말 인간의 손목이었을까? 너희들 사이에만 통한다는 그 세계관인가 뭔가 그것내로?"

"……네?"

"세실리아 황제는 사람의 신체 일부나 인육에 관심이 없어. 너와 달라. 그 망할 놈의 잔혹한 세계관 따위. 너희들이 보통 사람들과 다른 특별한 종족인 것처럼 착각하게 해주는 그런 세계관 따위 너와 공유하고 있지 않아. 그 여자에게 너는 알렉산드리아의 올가 근위대장이 아니야. 그냥 시키면 살인까지 해주고 혼자 뒤집어써주는 호구일 뿐이지."

"뭐라고요?"

"그럼 지금 네 꼴은 어떻게 되는 걸까?"

이규영은 그 순간 김윤주의 내면에서 뭔가 폭삭 주저앉는 소리를 들은 것도 같았다.

8

"한국에서 명문대 입학했으나 회의 느껴 자퇴하고, 미국 가서 콜롬비아 대학 나왔고, 유엔 산하 정치 연구소에 입사해서 현재는 휴직 중이라면서요? 미국 이름은…… 그레이스 윤? 서민수 씨 가족에겐 그렇게 말했다던데, 맞습니까?"

윤다해는 흥, 하고 콧방귀를 뀌었다. 참고인에서 피의자 신분으로 전환된 윤다해의 2차 피의자 신문이었다.

"아니란 거 다 알잖아요. 그냥 해본 말이에요."

"알아보니 수원에 있는 2년제 대학 나오셨네요. 보습 학원에서 영어 강사 아르바이트 띄엄띄엄 한 게 공식 경력의 전부고. 어렸을 때 가족 따라 몇 년 미국 이민 생활 하긴 하셨던데. 영어는 그때 익힌 게 다죠? 생활 영어."

윤다해는 뭐 어쩌라고, 하는 표정으로 이규영을 쳐다보았다.

"허언증 있어요?"

"있어 보이려고 뻥 좀 쳤어요. 시집 좀 잘 가려고. 그게 죄예요?"

"거짓말은 죄가 아니지만 거짓을 지키려고 살인을 교사하면 죄가 되죠."

"살인 교사는 무슨! 누가 살인 교사를 했다고 그래요! 여태까지 말한 거 뭘 들었어요!"

윤다해는 정색하며 소리쳤다.

하드고어 자캐 커뮤에서는 하루에도 수천수만 건의 잔혹한 살인과 고문, 사체 유기, 학대, 능욕이 벌어진다. 그걸 김윤주가 현실로 옮길 거라고 자신이 어떻게 알 수 있었겠느냐며 윤다해는 무고함을 주장했다. 범행이 일어나던 날 김윤주가 평소

쓰지 않는 트위터 계정으로 '바다거북 먹을래?'라는 멘션을 보냈을 때도 그저 평소 하던 역할극을 하자는 건 줄 알았다. 김윤주가 곧 본래 쓰던 계정으로 다시 같은 내용의 디엠을 보내와 '좋지. 굽기는 미디엄. 가니시는 구운 아스파라거스로 부탁'이라고 대꾸해줬다. 정우가 실종됐다는 서민수의 연락을 받았을 때도 설마 김윤주의 짓일 거라고는 상상도 하지 못했다. 그날 오후 늦게 오피스텔 우편함에 바다거북 고기를 넣어뒀다는 김윤주의 연락을 받았을 때조차 또 빵 쪼가리나 넣어뒀겠지 생각하고 넘겼다.

저녁에 정우의 시신이 발견되고 서민수와 함께 정신없이 시간을 보내다 밤에 집에 돌아와 김윤주의 '선물'을 확인했을 때 자신이 얼마나 놀란 줄 아느냐며 윤다해는 오히려 동정을 호소했다. 처음에는 영화 촬영할 때 쓰는 소품인 줄 알았다. 꺼림칙한 마음에 '선물'을 쇼핑백째 들고 나가 한강에 던져버릴 때까지 그걸 영화 소품으로 믿었다고 했다. 나중에야 서서히 김윤주가 저지른 짓을 현실로 받아들였고 두렵고 떨리는 마음에 김윤주와 연락을 주고받은 트위터 계정을 삭제한 거라고 윤다해는 달변으로 떠들었다. 당장 다음 날 휴대전화도 버리고 새걸로 바꿨다고 했다. 무서워서.

"김윤주가 알아서 다 한 거라고? 이봐요. 그걸 지금 믿으라고 하는 소리예요!"

이규영은 손바닥으로 책상을 치며 언성을 높였다. 윤다해는 움찔하지도 않고 이규영의 시선을 맞받았다. 거짓말을 들켜도 당황하거나 부끄러워하지 않는 병적인 거짓말쟁이의 눈빛이었다. 이규영은 이런 눈빛을 한 범죄자를 몇 알고 있었다.

"제가 왜 정우를 해치겠어요? 내가 결혼할 사람 조카를."

"정우의 엄마, 서수경 씨가 당신의 거짓말을 꿰뚫어 봤으니까요."

"네?"

"김윤주가 재밌는 말을 하더군요."

이규영이 말을 돌렸다. 윤다해는 신경 쓰인다는 표정으로 이규영의 말이 이어지기를 기다렸다.

"아무리 해도 행복해지지 않으면, 주변 사람을 불행하게 만들면 된다고."

"무슨 뜻이에요?"

"당신의 실체를 알아채고 결혼을 적극적으로 방해하는 서수경을 제지하려면, 서수경을 불행하게 만들면 된다는 뜻이죠. 불행에 빠져 허우적대는 것 외에 다른 생각을 못 하게 하면 된다는 뜻."

서수경은 사건이 일어나기 얼마 전 심부름센터에 윤다해의 뒷조사를 의뢰했다고 했다. 특히 윤다해가 서민수를 꾀어 갈 취한 돈의 향방을 알아봐달라고 했다. 자신의 금융 상황에 대한 조사가 이루어지고 있다는 걸 윤다해는 눈치챘을 것이다. 조사를 의뢰한 사람이 누구인지도. 윤다해는 갖은 이유를 들어 서민수의 돈을 꽤나 많이 빼돌렸고 대출까지 받게 했다. 결혼 얘기가 오가면서부터는 상속 재산에도 눈독을 들였다. 사기 행각이 들통나고 순진한 부자 남자와의 결혼이 무산되기 일보 직전이었을 터다.

"지금 소설 써요? 그래서 내가 김윤주를 시켜 정우를 죽이게 했다고요?"

"죽이라고까지 했는지는 아직 모르겠어요. 윤다해 씨가 사실대로 말하면 들어보고 판단해봐야겠죠. 하지만 최소한 정우를 납치하라고는 교사했어요. 그리고 김윤주가 정우를 죽이고 시신을 훼손할 수도 있을 것이라는, 살인과 사체 유기의 미필적고의는 있었다고 봅니다."

"말도 안 돼……."

"말이 되죠. 김윤주가 다 불었거든요."

윤다해의 눈에 불안이 찾아들었다.

"불다뇨. 뭘요?"

"다요."

이규영은 말을 멈추고 윤다해의 불안이 더욱 커지기를 기다렸다.

너무 가까이에 있었다.

윤다해 옆 너무 가까운 곳에 김윤주가 있었던 것이 이런 말도 안 되는 참극을 낳았다. 가상 세계의 역할극에 심취해서 자신의 말이라면 무엇이든 복종할 준비가 되어 있는 정신이 불안한 10대 소녀가 옆에 있었기 때문에 윤다해도 시도해봤을 것이다. 되든 안 되든. 될지도 모르니까.

그렇다고 윤다해의 악의가 감경될 수 있는 건 아니었다. 윤다해가 이 범행에 계획적으로 깊게 관여했다는 걸 어떻게든 증명하고 말겠다고 이규영은 다짐했다.

9

윤다해는 범행이 가능한 날을 콕 집어 알려줬다. 학교가 끝나면 늘 정우를 데리러 가는 외할머니가 해외여행을 갔고 마침 바이올린 학원도 휴원을 한 바람에 그날 정우의 삼촌이 조퇴를 하고 학교에 정우를 데리러 갈 예정이라고 했다. 좀처럼 없는 기회였다. 정우의 삼촌이 제때 가지 못하도록 자신이 손을 쓰겠다고 하면서 윤다해는 김윤주에게 영상 파일 하나를 보냈다.

서민수의 얼굴이 화면 가득히 나오는 영상이었다. 영상통화를 녹화한 거였는데 통화 상태가 좋지 않았는지 방긋 웃으며 말하는 서민수의 음성이 소음에 묻혀 잘 들리지 않았다. 서민수는 귀에 손을 가져다 대고 화면 가까이 얼굴을 들이밀다가 안타까운 표정으로 통화 상대를 향해 손을 흔들었다.

"삼촌이 보내서 왔다고 하고, 이거 틀어주면서 통화 연결된 척하라고 했어요. 삼촌이 뭐라고 말한다고 네가 대충 먼저 말해버리면 애들은 그냥 믿는다고. 진짜 믿던데요? 삼촌이 이렇게 저렇게 말하는 거 들었지, 하니까 진짜 믿더라니까요."

김윤주가 말했다.

미스터리가 풀렸다. 정우가 처음 만난 김윤주를 집까지 의심 없이 따라간 이유. 정우는 김윤주와 함께 서민수와 영상통화를 했다고 믿었다.

정우야, 지금 그 누나 집에 가서 놀고 있어. 삼촌 친구야. 삼촌이 급한 일만 마치고 바로 데리러 갈게.

문제의 영상 파일은 남아 있지 않았다.

"윤다해가 정우를 납치한 다음 죽이라고 했니?"

김윤주는 조금 생각해보다가 고개를 저었다.

"아뇨. 딱 그렇게 말하진 않았는데……."

그럼 김윤주가 정확히 뭘 지시한 거냐고 이규영은 캐물었다.

"정우의 손을 갖고 싶다고 했다니까요."

"그러니까 정우를 납치해서, 어떻게 해서 정우의 손을 가져다 달라고 한 거야? 설마 산 채로 손을 자르라고 한 건 아닐 테고."

김윤주는 뒷머리를 벅벅 긁었다.

"……그런 거 말 안 했거든요. 그냥 제가 알아서 한 건데. 군주가 그런 거 일일이 다 말하고 그러는 거 아니니까. 신하가 알아서 해야죠."

이규영은 절로 얼굴을 찌푸렸다. 김윤주가 윤다해에게 등을 돌리고 사실을 자백하는 마당에 아직도 윤다해를 감싸기 위해 거짓말을 한다고 보기는 어려웠다. 그러니까, 김윤주의 말이 진실이라는 게 문제였다.

"그냥 속 좀 썩이고 싶었어요. 서수경을요. 하도 하는 짓이 얄미워서."

지난 피의자 신문에서 김윤주가 배신을 하고 사실을 말하기 시작한 걸 알고 윤다해는 또 상황에 맞춰 진술을 바꿨다. 정우를 납치하라고 교사한 건 맞지만 딱 거기까지라는 거였다. 머릿속에서 바로바로 계산기가 돌아가는 여자였다.

"한 반나절 애를 잃어버리고 찾아 헤매게 하고 싶었다고요. 그뿐이었는데. 저도 정말 쥬나 걔가 그럴 줄은 몰랐어요. 상식적으로 생각해보세요. 자캐 커뮤 역할 안에서 한 말을 걔가 진짜 다큐로 받아들일지 제가 알았겠느냐고요. 그렇게 따지면 벌써 살인이 백번 천 번도 더 일어났게요? 걔나 나나 하루 종일 나누는 얘기가 다 그런 건데?"

물러서야 할 마지막 지점을 찾아 물러선 윤다해는 여유를 찾았다. 입에 기름을 칠한 듯 말이 술술 나왔고 그 이상은 물러서지 않았다. 경찰이 공범 둘 사이에 오간 연락에 대해서는 구체적인 증거를 갖고 있지 않다는 걸 확실히 알고 있는 것이었다.

그런데 김윤주조차 윤다해의 살인 교사를 인정하는 진술을 하지 않으니 답답할 노릇이었다.

이규영은 의자에 등을 기대며 탄식했다.

김윤주는 순진하게 눈을 끔뻑거리며 간식으로 넣어준 초콜릿 음료에 빨대를 꽂아 빨았다. 그 모습을 보니 이규영은 헛웃음이 나왔다.

"너는 진짜……."

몇 날 며칠 얼굴을 마주 보고 있다 보니 일말의 연민 같은 게 생긴 건지 이규영은 살인 사건 수사를 떠나 김윤주에게 묻고 싶어졌다.

"정우의 손을 갖다 주면 윤다해가 좋아할 거라고, 진심으로
그렇게 생각한 거니?"

"그때는 그랬죠."

"내 말은 세실리아 황제가 아니라 윤다해가 말이야. 자캐 커
뮤 속 세실리아 황제가 아니라 인간 윤다해가, 정말 사람의 손
을 가지고 싶어 할 거라고 생각한 거냐고?"

"그랬으니까 제가 했겠죠?"

"어휴."

이규영은 한숨을 쉬며 손가락으로 눈 사이를 짚었다.

"윤다해는 네가 진짜 할 줄은 몰랐단다. 살인, 사체 해부, 인
육…… 이런 커뮤 세계관에서만 나누는 얘기들을 네가 진짜
로 현실로 옮길 줄은 몰랐다고 하는데. 어떻게 설명할 거니 이
거?"

김윤주는 초콜릿 음료를 바닥까지 소리 내어 빨아 먹고는
고개를 갸웃했다.

"아니에요. 세실리아 님은 제가 할 줄 알았을걸요?"

"그건 네 생각이고."

"아니에요. 제가 그 전에도 바다거북 고기를 바친 적이 있는
데 뭔 소리예요."

이규영은 의자에서 등을 떼고 몸을 일으켰다.

"뭐?"

"제가 이번 일 있기 전에 왜 병원에 입원했는데요."

이규영은 범행 2주 전 김윤주가 허벅지에 큰 자해를 해서 감염이 되는 바람에 병원에 5일간 입원했었다는 사실을 떠올렸다. 김윤주의 허벅지 자해 흔적을 확인하고 놀란 유치장 입감 담당 경찰의 보고서도 기억났다.

허벅지 자해. 바다거북 고기.

인육을 바치라는 군주의 명령.

"혹시……."

이규영은 차마 말을 맺지 못하고 입을 떡 벌렸다.

"네. 제가 제 인육을 바쳤죠. 고기파이 만들어서 오피스텔 우편함에 넣어뒀다니까요. 그땐 잘했다고 맛있었다고 좋아해 놓고는……. 그런데 몰랐겠어요? 내가 진짜 할 줄?"

김윤주는 풀 죽은 얼굴로 말했다. 일이 이렇게 되고도 황제의 총애를 잃은 것이 못내 아쉬운 모양이었다.

이규영은 목구멍으로 쓴 물이 올라오는 걸 겨우 삼켰다.

"윤주야, 김윤주."

알렉산드리아라는 세계의 역대 가장 잔혹한 군주의 오른팔, 올가 근위대장은 굼뜨고 나른한 눈빛으로 이규영을 보았다. 어떤 명령이 떨어지든 맹목적으로 따를 준비가 되어 있는, 어쩌면 그 세계에서 가장 잔인한 사람.

"너는 금방 잊힐 거야."

이규영은 맞은편 벽을 바라보며 슬프게 단언했다.

"앞으로 너보다 더 악한 아이가 나타나겠지."

믿기 싫지만 아마도 그럴 것이다. 눈앞의 괴물은 생각보다 빠르게 잊힐 거고 시간이 갈수록 악인의 명단에서 점차 낮은 순위로 내려올 것이다. 그가 숭배하는 세실리아 황제와 함께.

미스터리의 쾌(快)를 궁구하며 오늘도 작가는 전진한다

김수지(미스터리 평론가)

　　송시우의 두 번째 소설집《선녀를 위한 변론》은 작가의 작품들을 오랫동안 살펴온 독자들에게 종합 선물 세트처럼 다가올 만하다. 2008년 데뷔 후 장중한, 때로는 경쾌한 톤으로 미스터리 장르의 변주를 시도해온 송시우 작가 세계의 너른 스펙트럼이 확인될 뿐 아니라 이번 소설집을 통해 선보이는 새로운 시도까지 담겨 있기 때문이다. '인어공주'나 '선녀와 나무꾼'과 같이 누구나 아는 이야기를 법정 미스터리로 '다시 쓰기(rewriting)'한 작품들을 비롯해 첫 번째 소설집《아이의 뼈》(한스미디어, 2017)에 수록된 〈5층 여자〉, 〈원주행〉을 통해 처음 독자들에게 존재를 드러낸 서행물산 총무부 직원 임기숙과 반려견 타미의 활약이 펼쳐지는 두 편의 단편소설, 그리고 현실적 문제를 이야기의 배경과 씨앗으로 삼아 핍진성 있는 묘사로 밀도를 형성하는 장편소설들《라일락 붉게 피던 집》(시공사, 2014)이나 《검은 개가 온다》(시공사, 2018)와 같은 계보 내 위치시킬 수 있는 〈알렉산드리아의 겨울〉까지 다채로운 매력의 작품들이 한데 모였다. "작가이기 전에는 추리소설 마니아 독자였으니까, 내가 경험했던 추리소설의 다양한 스펙트럼을 하나하나 돌파해보고 싶은 마음이 크다"[*]는 작가의 바람은 이 소설집에서 분명 그 결실을 보았다고도 할 수 있다.

미스터리 장르 내 하위 장르의 문법들을 정복의 대상으로 삼고 힘을 주는 대신, 작가가 미스터리라는 범주 내 운신의 폭을 확보하는 데 있어, 새로운 글쓰기 양식을 기꺼이 채택하여 집필을 시도해보는 과정에서 즐거움을 만끽했을 거라 유추하게 만드는 이야기들은 독자에게도 편안하게 감긴다. 송시우 작가의 미스터리는 특정 좌표에 위치 지어지지 않고 때에 따라 외연을 달리하며, 이는 작가의 장르적 글쓰기를 새롭게 시도함에 있어 주저하지 않는데서 비롯된 결과일 것이다.

미스터리 장르 규약의 창조적 전유

재현의 구체적 양상은 다양하지만 이 소설집의 작품들은

---

[*] 송시우, 〈MYSTERY PEOPLE: 동시대 현실에 뿌리 내린 성실한 미스터리, 소설가 송시우〉, 《미스테리아》 22호, 엘릭시르, 2019, p. 121.

송시우 작가가 구현하려고 하는 세계를 관통하는 지점을 가늠하게 만들어주기도 한다. 작가가 미스터리라는 장르가 유기체처럼 변화하는 가운데 정식화한 규약들의 변주에 강렬한 흥미를 느끼고 있으며, 작가의 현실 혹은 흥미를 품은 사안과 이 규약들이 만나서 일으키는 화학적 반응을 이야기화한다는 점이다.

19세기 중반 에드거 앨런 포가 〈모르그가의 살인〉으로 비상한 추론 능력을 지닌 탐정이 대개의 사람들은 간과하는 것들을 단서로 삼아 범죄 사건을 해결하는 미스터리 장르의 틀을 제시한 뒤로 180여 년이 경과하는 동안 장르와 독자는 함께 진화했다. 미스터리 장르 문법을 충분히 숙지하고 있는 독자들에게 송시우 작가는 인어공주 이야기와 선녀와 나무꾼 이야기를 법정 미스터리물로 과감하게 재탄생시켜 제시한다. 인어공주 이야기와 선녀와 나무꾼 이야기는 모두 잘 알려져 있고 두 이야기의 세계는 사법 체계가 작동할 리 만무한 시공간을 배경으로 한다. 작가는 〈인어의 소송〉, 〈선녀를 위한 변론〉 두 작품에서 오늘날과 같은 사법 체계가 가동되는 계기가 '시간의 균열로 인해 생긴 관념의 비약', '우주의 원리에 생긴 국소적 오류' 때문이라고 서두에서 간략하게 정리한 뒤 사법 분야의 혁명이 발생한다면 인어와 선녀의 운명이 어떻게 바뀔

수 있을지 각각의 서사를 전개시킨다. 이야기의 원본에서 희생양이 되었던 인어와 선녀는 사법 체계 내에서 자신들을 보호할 수 있는 목소리를 획득하며, 수사 절차 속에서 인물들의 운명은 본래 이야기와 완전히 다른 방향으로 흘러간다. 보편적으로 향유되던 이야기에 사법 체계가 이식됨으로써 법정 미스터리의 장르적 성격과 사법 체계의 근대적 기원이 명료하게 부각된다. 이 덕분에 〈인어의 소송〉, 〈선녀를 위한 변론〉은 메타 장르적 성격까지 지닌다.

독자는 자신이 익히 알아온 이야기와 소설이 어떻게 다르게 흘러갈지 촉각을 곤두세우게 된다. 이렇게 독자에게 친숙한 이야기를 근간으로 삼아 독자를 관여시킬 토대를 마련하면서도 다시 쓰기로 전개에 대한 호기심을 촉발시키는 작가의 시도는 유희적인 동시에 대담하다. 사랑을 갈구하며 자신의 목소리와 목숨까지 바친 인어공주의 최후를, 선녀옷을 잃고 졸지에 한 세간 남자가 강요하는 삶에 포획된 선녀의 운명에 그 누가 탄식하지 않을 수 있었던가. 각각의 이야기가 지니고 있던 비극성은 장르물로 재탄생하는 과정에서 유쾌하게 철퇴된다. 민사소송, 불공정 계약 무효 확인소송, 지문 감식, 미세 증거 분석, 시체 검시와 분석이 도입된 인어공주, 선녀와 나무꾼 이야기는 본래 지니던 파토스를 말끔하게 폐기하는 대신 새로운 쾌(快)를 장착하게 된다.

낭만적 사랑의 이데올로기는 인어가 아닌 왕국의 왕자가 추구하고 있던 것으로 묘사되고, 선녀가 나무꾼에게 '납치된' 것으로 정리되는 점은 본래 이야기의 주요 국면들을 오늘날 어떻게 수용할지에 대한 생각을 불러일으킨다. 그러나 많은 경우 고전 다시 쓰기를 촉발시키는, 본래의 이야기가 가진 이데올로기적 측면에 대한 전격적 비판에 작가가 많은 에너지를 쏟는 것은 아니다. 누구나 익히 알고 있는 이야기 속 인물들의 알리바이 입증, 새롭게 이식된 사건에 대한 검사의 반대신문 등을 통해 누구나 아는 이야기를 얼마나 새롭고 그럴듯하게 법정 미스터리로 완성해내느냐에 작가는 심혈을 기울인다.

임기숙과 타미의 계속되는 활약

송시우 작가의 첫 번째 소설집 《아이의 뼈》에 수록된 〈5층 여자〉와 〈원주행〉에 등장했던 서행물산 총무부 직원이자 예기치 않게 맞닥뜨린 사건의 전모를 예리하게 파악하는 임기숙, 그리고 임기숙의 반려견 타미가 〈누구의 편도 아닌 타미〉, 〈모서리의 메리〉에 다시 등장한다. 〈5층 여자〉에서 대리였던 임기숙은 이제 과장으로 승진했고 분리불안 때문에 주인 기숙을 옴짝달싹 못하게 했던 타미는 얼마간은 펫시터의 보호를 받으며 지낼 수 있게 되었다. 분리불안 때문에 주인과 떨어지면 끊임없이 짖고, 물어뜯는 버릇이 있어 걸핏하면 슬랩스틱적 상황을 연출하는 타미는 살인, 납치 등의 강력 범죄가 일어나는 이야기 세계에서 어둠을 몰아내곤 한다.

불안견 타미를 돌보는 걸 힘겨워하면서도 타미에 대한 굳건한 사랑으로 곤란한 상황들을 기꺼이 감수하는 임기숙은 애거사 크리스티의 작품 속 마플 여사와 같이 허를 찌르는 예리함과 사건 해결력을 드러낸다. 겉보기에는 평범한 할머니인 마플이 인간에 대한 특유의 비관적 관점과 악의에 대한 깊은 이해로 범죄 사건의 전모를 누구보다 정확하고 빠르게 파악해 나간다면 마플보다 한결 따뜻한 감성을 지닌 임기숙은 타미와 콤비를 이루어 움직이다 우당탕탕 소동극에 휘말려 진땀을 흘리면서도 별안간 특유의 직관으로 사건의 전모를 간파한다. 얼핏 사건과 무관해 보이는 장광설을 늘어놓곤 하는 마플에 비견될 만한 괴짜의 면모를 임기숙도 지니고 있다. 저 혼자만의 생각의 흐름에 푹 빠져 있다 그 단편을 앞에 있는 사람의 상황과 상관없이 툭 내뱉곤 하여 '불쑥쟁이'라는 별명까지 얻은 것이다. 〈누구의 편도 아닌 타미〉에서 잠시 곤경에 처했던 타미를 사건 해결 후 끌어안고 '미안해 엉엉' 하며 우는 기숙의 인간적인 면모는, 〈모서리의 메리〉 속 화자가 "기숙 씨는 그날 무슨 일이 벌어질 수도 있다는 걸 알았고, 그러나 벌어지지 않았다는 것도 알았"고 되뇌며 "기숙 씨는 어떤 사람일까"(p. 185)라고 자문하게 만드는 힘과 병렬된다. 비상한 두뇌 회전으로 두각을 드러내는 고전적 명탐정이나 누아르에서 타락한 세계와 맨 몸으로 맞서는 고독하지만 매력적인 단독자로서의 탐정과 임기숙의 거리는 멀다. 보편적으로 매력적이라 칭해지는 특성들이나 돋보이는 유능함을 드러내지는 않지만 암장되어 있기에 더 가치 있는 지력과 관찰력을 지닌 임기숙은 폼 잡지 않는 담백한 히로인의 현현이다. '저 여자', '아줌마'라고 무성의하게 명명되곤 하는 임기숙은 단순히 미스터리 장르에 등장하는 새로운 해결사 캐릭터로서의 가치만 지니는 게 아니라 인간의 미덕이 어떠한 양상으로 현존할 수 있는지에 대한 작가의 성찰을 반영한다.

임기숙이 등장하는 이야기 속 악인들은 인간의 가늠할 수 없는 심연을 설핏 들여다보게 만드는 종류의 인물들이라기보다 미스터리 장르에서 사건을 촉발시키는 사명을 지녔기에 필연적으로 출현이 담보되어야 하는, '배치된' 인물들에 가깝다. 이 때문에 독자는 이야기를 추동하는 사건으로 인한 불쾌감이나 두려움을 느끼기보다 기숙과 타미가 연출하는 소동극의 활력에 더 집중하게 된다. 임기숙과 타미가 등장하는 이야기가 일상 미스터리처럼 읽힐 수 있는 건, 기숙과 타미의 앙상블이 자아내는 밝은 톤 때문만이 아니다. 범법자들이 응당 미스터리를 촉발시키는 존재로서 기능적으로 등장한다는 점에서도 기인한다. 현실에서는 부정과 정의가, 선인과 악인이 또렷하게 구별되지 않는다. 작가 역시 현실에서 타인을 마주할 때 이렇게 사람이 쉽게 유형화될 수 없다는 것을 누구보다 절감할 것이라고 사료된다. 그럼에도 임기숙이 등장하는 단편들에서는 악인과 악행의 복합성과 맥락 자체에 대해 탐구되기보다 추리소설의 문법에 충실한 사건 전개 과정에서 기숙과 타미 콤비가 매력적인 안락의자 탐정 캐릭터로 부상하고 활약하는 데 에너지가 할애되고 있다는 점도 특기할 점이다.

국가인권위원회를 모델로 한 '인권증진위원회'라는 가상의 조직 실무자들이 각종 사건을 해결하는 활약상이 펼쳐지는 작가의 전작 《달리는 조사관》(시공사, 2015), 《구하는 조사관》(시공사, 2022) 역시 〈누구의 편도 아닌 타미〉, 〈모서리의 메리〉와 유사한 톤으로 재현되었다고 할 만하다. 이 작품들에서는 인권에 대한 실무를 맡은 이들이 주인공인 만큼 당위와 현실의 간극과 관련한 구체적이고도 입체적인 문제 상황들이 기술된다. 그럼에도 인물들 간의 상호작용에서 야기되는 활력과 소동극적 성격으로 이야기를 끌어가는 작가의 태도는 사안의 무게를 감쇄시킨다. 이렇게 작가는 중대하면서도 무겁지 않은 독특한 성격의 미스터리 활극이라는 새로운 장르를 구축한다.

현실의 문제를 환기시키는 미스터리

〈알렉산드리아의 겨울〉은 '사회파 미스터리 작가'로서의 송시우의 인장을 확인시키는 작품이다. 그런데 이 단편을 비롯해 송시우 작가에게 '사회파 미스터리 작가'라는 별칭을 안겨준 장편소설 《라일락 붉게 피던 집》이나 《검은 개가 온다》, 그리고 소설집 《아이의 뼈》에 수록된 작품들의 절정이나 결론부에서 작가가 다루고 있는 사회적 문제에 어떠한 방식으로 접근해야 하는지 방향성에 대해 직접적인 목소리를 내지 않았다는 점을 유념할 필요가 있다. 각 작품이 중심부에 배치하는 사회적 문제, 현상들은 미스터리를 촉발시키는 무대화와 배경 제시 측면에서 가장 큰 역할을 한다. 작가의 성실한 조사와 기술은 사건이 발생하는 시공간 및 사안의 문제성을 설득력 있게 만들어내지만 각 문제가 지닌 내파 지점에 대해—많은 경우 인물의 목소리에 기대어—역설하는 태도는 전혀 찾을 수 없다. 신본격 작가들의 미스터리를 좋아하는 작가의 취향은 작가가 관심을 가지는 사회적 현상 혹은 문제들과 결부되어 전형적이지 않은 '송시우표 사회파 미스터리' 작품을 생성해낸다. 예컨대 《검은 개가 온다》의 경우 우울증에 대해, 〈알렉산드리아의 겨울〉에서는 온라인 커뮤니티에서의 관계가 실제 세계에서 파국을 초래하고 마는 문제와 10대 청소년의 범죄에 대해 다루고 있다. 각 문제에 대한 다소 긴 설명이 동원되는 순간은 있을지언정, 그리고 각 문제가 초래한 파괴적 상황에 대한 등장인물의 아연한 감정이 전달되는 순간은 있을지언정 각 문제를 어떻게 '보아야 할지'에 대한 설파는 찾기 힘들다. 작가의 목소리를 대변하는 인물의 목소리 혹은 움직임이 제시되지 않는다는 점은 "사회파 추리소설 쓴다고 생각했고 프로필에도 꼬박꼬박 그 부분을 넣었는데 작품이 발표될수록 전문적인 독자들의 평을 들어보면 본격 미스터리에 더 가깝거나 사회파와 본격의 중간쯤에 있는 것 같다는 반응이 주를 이뤄서 당황했고 결국 이를 결국 수긍하게 되었다"라는 작가의 고백을 소환하게 한다. 독자들의 현실과 중첩되는 문제 상황과 사안들은 미스터리를 촉발시키고 전개하는 데 있어서 중추적 역할을 수행하나, 사건의 전모가 드러나거나 문제가 해결되는 과정에서는 수수께끼 풀이에 온전히 집중하는 플롯 짜기 방식은 송시우 작가 특유의 화법으로 정식화되었다고 해

---

*   같은 책, p. 121.

도 과언이 아닐 것이다.

이렇게 《선녀를 위한 변론》은 특정한 틀에 안주하고 의존하지 않으려는 작가의 분투, 장르의 규칙을 즐기며 운용하는 중견 작가로서의 역량을 함께 확인시킨다. 이 소설집에서의 프로타고니스트들은 한데 모아 보자면 소송을 걸어 사법 체계 내에서 제 목소리를 스스로 찾는 인어, 자신의 권리를 주장하는 선녀, 여성 탐정 임기숙, 여성 청소년 범죄자 앞에 선 여성 수사관으로서 고뇌에 빠지는 이규영과 같이 전통적 서사에서 대상화되고 무력화되어 있던 인물들의 재구성 및 창조의 결과다. 또한 미스터리에서 서스펜스를 창출하는 유용한 도구이자 이야기에 대한 흥미를 빠르게 떨어뜨릴 수도 있는 다양한 인물의 시점에서의 서술을 작가는 여러 단편에서 원숙하게 소화해낸다. 플래시백과 플래시포워드 역시 능수능란하게 이용하면서도 이야기의 흐름을 혼선 없이 독자가 좇을 수 있도록 정보의 흐름과 리듬을 관장하는 작가의 역량 역시 무르익었다. 생활인으로서, 사회 구성원으로서 벼려진 현실 감각과 사회적 관심을 미스터리의 룰과 접합시킴에 있어서 송시우 작가는 언제나 새로운 태도로 임할 준비가 되어 있다고, 미스터리 내 다양한 하위 장르 구현의 시도를 두려워하지 않음으로써 선언하는 것처럼 보인다. 덕분에 독자는 작가에게 놀라면서도 쉽게 공명할 수 있다. 퍼트리샤 하이스미스는 "책을 쓸 때 즐거움을 주기 위한 대상으로 가장 먼저 떠올려야 할 사람은 당신 자신이다"라고 밝힌 바 있다. 송시우 작가는 이 명제를 엄수하면서도 독자들에게 새로운 즐거움을 선사하는 방법을 모색하는 가운데 미스터리 플롯의 창조적 운용과 마름질을 성실하게 해나가고 있다는 것을 이 소설집을 통해 증명해냈다.

---

* 퍼트리샤 하이스미스, 《긴장감 넘치는 글쓰기를 위한 아이디어》, 송기철 옮김, 북스피어, 2020, p. 19.

내가 이렇게 웃긴 사람이었나.

두 번째 소설집 원고를 출판사에 보내놓고서 이런 생각을 했습니다. 마지막 작품을 빼고는 다 코믹한 터치가 가미되어 있다는 것을 뒤늦게 알아챘기 때문입니다. 그 전까지는 주로 어둡고 진지한 분위기의 범죄물을 써왔기에 의외였습니다. 스스로 느끼지 못하고 있을 뿐 혹시 내가 지금 행복한 건 아닌가 하는 생각도 해봤습니다. 첫 번째 소설집 《아이의 뼈》와 비교할 때 뚜렷이 느껴지는 이 변화의 원인은 무엇일까요.

이전부터 법에 대한 관심이 많았고 마침 직장에서도 재판과 관련된 업무를 맡아 한창 몰입하고 있던 터라, '동화 속 인물이 소송을 하고 재판을 받는 이야기'라는 발상을 하기에 이르렀습니다. 동화 속 인물이 사는 세계에 현대 사법 시스템이 갑자기 도입되어 거침없이 작동하기 시작하는 겁니다. 동화 속 세계는 판타지지만 재판의 절차와 법리적인 부분은 아주 현실적으로 그린다면 그 낙차에서 오는 재미가 있을 것 같았습니다. 그렇게 신작 〈인어의 소송〉이 탄생했습니다. 그 분위기를 이어 잡지 《미스테리아》에 "선녀는 무죄"라는 제목으로 발표했던 단편을 〈인어의 소송〉과 같은 결로 맞춰 개작하기로 했습니다. 본래 〈선녀는 무죄〉는 전지적인 화자가 재판의 결과를 일방적으로 전해주는 형식의 소설이었는데, 인물과 이야기를 더 지어내고 구성도 바꾼 끝에 〈선녀를 위한 변론〉으로 다시 태어났습니다.

〈누구의 편도 아닌 타미〉는 《미스테리아》에 발표했던 작품을 그대로 실었습니다. 〈누구의 편도 아닌 타미〉에 이어 서행물산 임기숙 과장이 등장하는 〈모서리의 메리〉는 미발표 신작입니다. SBS 프로그램 〈TV 동물농장〉에 나왔던 실제 강아지 캐릭터를 모티브로 구상했습니다. 저도 이런 따뜻한 분위기의 소설을 쓸 수 있다는 증명 같은 작품이 되지 않았나 싶습니다.

올해 출간된 앤솔러지 소설집 《파괴자들의 밤》에 수록된 바 있는 〈알렉산드리아의 겨울〉은 집필 과정에서부터 가장 많은 고민을 거친 작품입니다. 실제 일어났던 범죄 사건을 모티브로 삼긴 했으나 창작이라는 과정을 통해 허구로 재편된 이야기가 되어야 했는데, 결과물이 과연 그런 의도를 충분히 반영한 것인지 가늠하기 쉽지 않았습니다. 사실 이 작품은 처음 쓴 원고가 따로 있었는데 내용상 우려되는 면이 있어 앤솔러지에 싣기 전 전체적으로 개작을 했고, 이번 소설집에 재수록하면서 부분적으로 한 번 더 수정을 거쳤습니다. 여전히 논쟁적이며 불편한 부분이 남아 있을 수는 있겠으나, 깊은 고민 없이 세상에 내보이는 작품은 아니라는 점은 말씀드리고 싶습니다. 이런 이야기를 통해 엿볼 수 있는 인간의 내면도 보여드리고 싶었습니다.

미스터리 소설가로서 2023년의 제 시간은 이 소설집을 준비하기 위해 바쳐진 것 같습니다. 즐겁게 읽어주시고 다음을 기대해주신다면 더 바랄 게 없겠습니다.

2023년 10월
송시우

추천의 말

〈인어의 소송〉과 〈선녀를 위한 변론〉은 흔한 법정소설이나 동화 패러디가 아니다. 말을 하지 못하는 인어공주와 날개옷을 잃어버린 선녀가 인간 세상에서 고난을 겪고 살인죄로 기소되어서 재판을 받게 되었을 때 벌어질 일들을 탄탄한 법적 지식을 바탕으로 흥미진진하게 펼쳐놓았다. 명변호사와 명검사, 못지않게 똑 부러지는 인어공주를 만나기 위해서는 꼭 읽어보아야 할 소설이다. 〈알렉산드리아의 겨울〉은 단순한 형사물로 시작하지만 읽어가면서 마음을 점점 더 무거워지고 복잡해지게 하는 알 수 없는 힘을 지녔다. 소설집 전체를 통틀어 가장 흥미로운 캐릭터는 〈누구의 편도 아닌 타미〉와 〈모서리의 메리〉에 나오는 임기숙이다. 그는 주변에서 흔히 볼 수 있는 인물 같아서 눈에는 잘 띄지 않는 특유의 개성을 지녔다. 섬세한 관찰력과 집중력으로 어느새 어려운 문제를 해결

하는 그는 마치 미스 마플이 요즘 시대의 우리나라에 살고 있
다면 그럼직한 인물이다. 임기숙의 좀 더 많은 활약을 기대해
본다.

—**김영란**(前대법관·《판결을 다시 생각한다》 저자)

수록 작품 발표 지면

- **인어의 소송** | 〈윌라×래빗홀 프로젝트〉 2023년 하반기
- **선녀를 위한 변론** | 〈윌라×래빗홀 프로젝트〉 2023년 하반기,
  《미스테리아》 2018년 1월(발표 시 제목은 "선녀는 무죄")
- **누구의 편도 아닌 타미** | 《미스테리아》 2019년 3월
- **모서리의 메리** | 미발표
- **알렉산드리아의 겨울** | 《파괴자들의 밤》, 안전가옥, 2023년 6월

본문 인용 출처

- **누구의 편도 아닌 타미** | 하진, 〈WE ALL LIE〉, 최정인 작사 · 작곡, 2018

선녀를 위한 변론

송시우 소설집

초판 1쇄   2023년 10월 20일

지은이 | 송시우

발행인 | 문태진
본부장 | 서금선
책임편집 | 장서원   래빗홀   최지인 이은지

기획편집팀 | 한성수 임은선 임선아 허문선 이준환 이보람 송현경 유진영 원지연
마케팅팀 | 김동준 이재성 박병국 문무현 김유희 김은지 이지현 조용환
디자인팀 | 김현철 손성규   저작권팀 | 정선주
경영지원팀 | 노강희 윤현성 정헌준 조샘 서희은 조희연 김기현
강연팀 | 장진항 조은빛 강유정 신유리 김수연

펴낸곳 | (주)인플루엔셜
출판신고 | 2012년 5월 18일 제300-2012-1043호
주소 | (06619) 서울특별시 서초구 서초대로 398 BnK 디지털타워 11층
전화 | 02)720-1034(기획편집) 02)720-1024(마케팅) 02)720-1042(강연섭외)
팩스 | 02)720-1043   전자우편 | books@influential.co.kr
홈페이지 | www.influential.co.kr

ⓒ송시우, 2023

ISBN 979-11-6834-137-1   (03810)